阅读是暗淡生活中
闪光的一小时

〔英〕奥斯卡·王尔德 著

萧易 译

北方联合出版传媒(集团)股份有限公司
万卷出版有限责任公司

目录

I 闪光的艺术与暗淡的现实

II 闪光的文学与暗淡的生活

图 1

柯罗《达芙雷镇》

图 2
康斯特布尔《干草车》

图 3

12 世纪拜占庭艺术家绘制的教堂壁画

图5 伯恩·琼斯《黄金阶梯》

图 6

伯恩·琼斯《爱神赞》

图7
罗塞蒂《白日梦》

图8 伯恩·琼斯《默林的被骗》

图 9
莫奈《伦敦的滑铁卢桥，雾中的太阳》

图 10

毕沙罗《法兰西剧院广场·雨景》(又名《蒙马特尔大街·雨景》)

图 11
特纳《莫特雷克堤岸》

图 12

米开朗琪罗《西斯廷教堂天顶壁画上的女先知》(局部)

图 13

勃鲁盖尔《婚礼筵席》

图 14
葛饰北斋《春秋美人图》(局部)

图 15
维诺内塞《圣海伦娜之梦》

图 16
柯罗《跳舞的山林水泽仙女》

图 17
乔尔乔涅《牧歌》

图 18
曼特尼亚《西布莉祭仪进入罗马》

图 19

拉斐尔《教皇利奥十世》

图 20

拉斐尔《圣母子》

Ⅰ 闪光的艺术与暗淡的现实 [1]

一次对话

人物：西里尔、维维安[1]。

场景：在诺丁汉郡的一栋乡间宅邸的藏书室内。

西里尔（穿过看台的落地窗户走进来）：亲爱的维维安，别把自己整天关在藏书室里。这可是一个绝妙的下午，空气柔润，树林那边的薄雾就像是李树上的紫色花蕾。让我们出去躺在草坪上，抽支烟，享受一下自然吧。

---

1 西里尔和维维安（Cyril and Vivian），即现实生活中王尔德两个儿子的名字，在这篇对话录里被借用来做主角。

维维安：享受自然！我很高兴地说，我已经全然丧失了那种官能。人们告诉我们，艺术使我们热爱自然更甚于早先时候，它把自然的秘密揭示给我们。在仔细体会了柯罗（图 1）和康斯特布尔（图 2）之后，[1] 我们就会在自然中看到以前疏忽掉的东西。我个人的经验则是，对艺术的学习越深入，对自然的考虑就越少。艺术真正揭示给我们的是自然在构思方面的欠缺，它那古怪的粗疏，那出奇的单调，还有那绝对是未完成式的现存状态。当然，自然的初衷是好的，但正如亚里士多德所言，它没有本事去实现它们。当我注视一片风景时，没法不注意到它的缺陷。当然，自然的不完美对我们倒是件幸事，否则就不会有艺术可言了。艺术是我们勇气充沛的抗议，是我们殷勤地试图为自然指明方向的努力。至于自然的无穷变化，那纯属虚构。它不存在于自然中，只存在于想象或幻

---

1 柯罗（Camille Corot，1796—1875），法国"抒情风景"绘画大师；康斯特布尔（John Constable，1776—1837），英国著名浪漫派风景画家。

想之中，要么就是出自观察者那被教化出来的盲目无知。

西里尔：唔，你不必去注意风景。你可以光躺在草坪上，抽烟和聊天。

维维安：可是自然是那么令人不快。草会戳人，高低不平，湿气又重，到处都是可怕的黑虫子。嘿，哪怕是最次的莫里斯工匠 [1] 也能为你做出一把更舒适的椅子，比整个自然做得都好。在"借走了牛津之名的街道" [2]（你所深爱的诗人曾不怀好意地如是说）上的那些家具面前，自然将会黯然失色。我不是在抱怨。如果自然更令人舒适的话，人类就永远不会发明建筑业了，我是喜欢室内生活更甚于野外的。在室内我们可以感受到合适的比例，每件事物都从属于我

1　莫里斯（William Morris，1834—1896），拉斐尔前派著名画家和设计师。这里指莫里斯与人合开的艺术装修公司，该公司在 19 世纪的"装饰性艺术"潮流中扮演了重要的角色。王尔德是拉斐尔前派的支持者，在艺术批评文章中多处褒扬莫里斯、罗塞蒂和伯恩·琼斯等拉斐尔前派主将。

2　指牛津街（Oxford Street），伦敦著名的购物街。

们，根据我们的需要和愉悦而设。自我中心主义本身就完全是一种室内生活的产物，它对真正意义上的人类尊严来说是如此必要。出了门，人就变得抽象和非人格化了。一个人的个性便会彻底离开他。而自然实在是太冷漠、太缺乏鉴赏力了。无论何时当我走在这儿的公园里，总会觉得对自然来说我和坡上吃草的牛、沟里开花的牛蒡没什么区别。自然憎恨脑智，这是再明显不过的事实了。思考是世界上最有损健康的事，死于它的人和死于疾病的人没什么两样。幸而，至少在英国，思考是没有传染性的。对一个民族而言，我们壮硕的体格应完全归功于我们民族的愚昧。我只希望在未来的许多年里，我们仍能维护好这座伟大的事关我们幸福的历史性堡垒。但是我担心我们正在开始接受过多的教育，几乎每个没有学习能力的人都被送去教书了，这就是我们的教育热情所带来的后果。在此期间，你最好回到你那乏味的、令人不适的自然中去，让我去核对自己的校样吧。

西里尔： 写文章！这和你刚才所说的可不太一致啊。

维维安：谁要前后一致？那种人是蠢材和教条夫子，是那种把自己的原则贯彻到行动的极致，乃至实践的归谬法的乏味家伙。不是我。和爱默生一样，我把"Whim（反复无常）"写在自己藏书室的门上。此外，我的文章是最有益和最有价值的警示。如果它受到关注的话，也许会引发一场新的文艺复兴。

谎言的衰落

西里尔：你写的是什么题目？

维维安：我打算叫它"谎言的衰落：一则异议"。

西里尔：撒谎！我本以为只有我们的政治家们还在延续这个习性。

维维安：我向你担保他们做不到这一点。他们从来就没有超越过"曲解"这个层次，而且事实上始终俯就于验证、讨论和争辩。这和真正的撒谎者的脾性是多么不同！真正的撒谎者拥有率直无畏的陈述、堂而皇之地不负责任，对所有形式证据的健康自然的蔑视。说到底，什么才是优质的谎言？很简单，就是不证自明的那种。一个人如果实在缺乏想象力去为某个谎言编造证据，倒不如当即老实交代算了。不，政治家是不成的。律师行业也许促进了某些事的发展。智者派的衣钵已经传给了它的那些成员们。他们做作的激情和假惺惺的修辞颇讨人喜欢。他们能使案件化险为夷，仿佛个个都是刚从莱昂廷学派 [1] 钻进律师业的。他们众所周知的业绩是从半信半疑的陪审团手中硬生生地为他们的顾客夺回欢欣鼓舞的无罪判决，哪怕这些顾客的清白本来就是显而易见的和毫无疑问的，这种情形时常发生。可是他们受雇于平庸之辈，而且从不会为要求适用先例而感到羞耻。不管他们怎么努力，这种真相也迟早会露底，甚至报纸也退化了。他们现在可以说是绝对可靠的。读者在费力地阅读那些专栏时能体会到这一点。它总是报道所发生事件中最不堪一读的东西。我想我对律师和记者恐怕都说不出什么好话。另外，我要为之辩护的是艺术领域内的撒谎。我能为你读读我写的东西吗？它会使你大为受

---

1 莱昂廷学派（Leontine schools）指拜占庭的神学家莱昂廷的学说，在这里用来讽刺那种在任何情况下都能自圆其说的诡辩术。

益的。

西里尔： 行啊，如果给支烟的话，谢谢。顺便问一下，你打算投给哪家杂志？

维维安： 给《回顾评论》。我想我告诉过你，精英人士们已经使它复刊了。

西里尔： 你所说的"精英人士"指的是什么人？

维维安： 噢，当然是指"厌倦的享乐者们"啦。那是个俱乐部，我就是它的成员。大家认为我们在聚会时纽扣孔里应该插上凋谢的玫瑰，还应该对图密善[1]有所膜拜。但恐怕你是不够格的。你太热衷于简单化的乐趣了。

西里尔： 我想我会因为只具备动物的精神而被否决吧。

维维安： 也许。另外，你年纪略老了些。我们不接纳你这样年龄的人。

西里尔： 唔，我想你们彼此之间一定相互厌倦得

1　图密善（Domitian，51—96），罗马帝国皇帝，该人喜好孤独，性情敏感。

厉害吧。

维维安：是啊。这是俱乐部的宗旨之一。现在，如果你能保证不经常插嘴的话，我就开始读我的文章啦。

西里尔：你会发现我是聚精会神的。

维维安（以一种非常清晰的悦耳嗓音开始朗读）：《谎言的衰落：一则异议》——作为一门艺术、一种科学，以及一种社交乐趣的撒谎形式的衰落，无疑是大多数当代文学之所以如此平庸的主要原因之一。古代历史学家以事实的形式为我们讲述令人愉快的虚构；近代小说家则以虚构的伪装向我们报告呆滞无趣的事实。从手法和风格两方面来说，蓝皮书[1]都在迅速成为近代小说家的理想——小说家拥有他那冗长的'人之文献'，以及他那借助显微镜才能加以窥视的悲惨的'宇宙小角落'。人们发现他逗留在法国国家书店或大英博物馆里，毫不知羞地钻研着自己

1　蓝皮书（*Blue-Book*），英国政府或议会发表的封皮为蓝色的官方报告。

的课题。他连跟随他人主张的勇气都没有，却坚持要直接去生活中找寻所有的东西。他从家庭圈子和周薪洗衣妇那里找到了他的人物典型，获取了不少有用的见闻，哪怕是在最沉冥的时刻里，都无法从这些见闻中完全解脱出来，最终，在百科全书和个人体验之间碰了壁。[1]

"总的来说，我们时代的这种虚假理想给文学造成的损失是不可估量的。就像他们谈起'天生的诗人'那样，人们以不经意的口气谈论'天生的说谎者'。但是他们在这两方面都搞错了。谎言和诗歌都是艺术——正如柏拉图所知悉的那样，艺术之间并非毫无关联——它们要求最谨慎的研究和最无私的投入。其实，它们有自己的技艺，就像更为有形的绘画和雕塑艺术有它们在形式和色彩上的微妙秘密，还有工艺秘诀和审慎的艺术手法那样。人们通过美妙的乐感来辨认一个诗人，因此也可以通过富有韵味的谈吐来识别一个说谎者，而且，在这两种情形下仅仅依

---

1 该段文字讽刺的是法国作家左拉。

靠瞬间的突发灵感是不够用的。和在别的领域里一样，在这儿，训练也必然先于完美。然而在这个摩登时代里，写诗的风尚已经过于流行了，如果可能的话，应对其加以抑制；同时，撒谎的形式却几乎陷入了不名誉的处境。许多年轻人开始生活时都有与生俱来的夸张天赋，如果在意气相投的相宜环境下，或者通过对最杰出榜样的模仿发展下去，也许会发展成某种真正伟大和令人惊奇的事物。可通常情形下，他变得什么都不是。他要么受困于追求精确性的轻率习性——"

西里尔： 好家伙！

维维安： 请别在一个句子的中间打断我。"他要么受困于追求精确性的轻率习性，要么逐渐沉湎于年长者和消息灵通人士的社交圈。这两者对他的想象力都起着同样的毁灭作用，就像事实上它们对任何人的想象都起着毁灭作用一样，短时间里他就培养起一种病态的、不健康的实话实说的能力，开始检验他生活中的每一种陈述，毫不犹豫地驳斥那些比他年轻得多的人。他通常以写那种与现实惟妙惟肖以致没有人会认真考虑其或然性的小说来结束自己的生涯。这不是一个孤立的例子。这仅仅是许多例子中的一例；如果不想出办法来制止或至少是抑制我们对'事实'的畸形崇拜，艺术就会患上不育症，美将会从这片土地上消失。

"甚至连罗伯特·路易斯·史蒂文森先生这样惯于编织精致空幻文字的可爱大师也沾染上了这种'摩登的恶习'（我们实在没有别的词来称呼它了）。通过试图把一个故事表现得过于逼真而掠夺了它的真实性，这种事确实存在，《黑箭》[1]写得太缺乏艺术性了，连个可供吹嘘的年代错误都找不到，而哲基尔医生[2]的变形过程读起来凶险得像是从《柳叶刀》[3]中照搬出来的科学实验。至于赖德·哈加德[4]，他真的拥有或曾经拥有过顶尖级的说谎家所必须具备的素质，可是现

1　《黑箭》(*The Black Arrow*)，史蒂文森的小说。

2　哲基尔医生是史蒂文森的小说《化身博士》中的主角。

3　《柳叶刀》(*The Lancet*)，英国的权威医学学术刊物，创始于1823年。

4　赖德·哈加德（Rider Haggard，1856—1925），英国作家。

在他很害怕被怀疑成天才。他想告诉我们些不可思议的事，又在编造个人回忆并把它放进注脚作为一种胆怯的佐证时感到有所拘束。别的小说家也好不到哪里去。亨利·詹姆斯先生[1]写起小说来仿佛是在承担一种令人痛苦的职责，他那清洁的文体、巧妙得当的习语和迅疾刻薄的嘲讽全都变成了干巴巴的动机和摸不着边的'视角'[2]的牺牲品。霍尔·凯恩先生[3]致力于宏伟的写作，那倒是真的，可是他扯足了嗓门写，声音洪亮却没人能听见他在说什么。詹姆斯·佩恩先生[4]是隐藏各种不值一寻的物品这门艺术的行家里手。他满怀一个近视眼侦探的工作热情对显而易见的事物穷追不舍，直至将它们捕获。读者一页页地翻

---

1 亨利·詹姆斯（Henry James，1843—1916），美国作家。
2 视角（points of view），在小说评论和小说理论中通常指故事的叙述者的位置，一般分第一人称叙述和第三人称叙述两种，又译作"视点"。
3 霍尔·凯恩（Hall Caine，1853—1931），马恩岛作家。马恩岛位于爱尔兰海中，主要语言为英语，有自己的政府，处于半独立状态。
4 詹姆斯·佩恩（James Payn，1830—1898），英国小说家。

读下来，这位作者的悬念逐渐变得令人难以忍受。威廉·布莱克先生[1]那辆四轮马车的马匹们并非驰向太阳，它们仅仅是把夜晚的天空骇出了狂烈的锌版印刷的效果。看到它们临近，农夫赶紧躲进了方言土语的地窖。奥利芬特夫人[2]兴高采烈地胡扯些什么助理牧师、草坪网球社团和家庭生活之类的乏味事儿。马里恩·克劳福德先生则早已把自己呈上了具有地方主义色彩的祭坛。他就像法国喜剧里那个滔滔不绝地讲述'意大利的美丽天空'的女士。此外，他还养成了发表道德老调的坏习气。他总是告诉大家好行为是虔诚的，坏行为是邪恶的。有时他简直是在教化众生。《罗伯特·艾斯密尔》[3]当然是部杰作，它是一部'乏味类型'（genre ennuyeux）的杰作，英国民众对这种文学体裁似乎倒是倾心热爱的。一位有思想的年轻朋

---

1 威廉·布莱克（William Black, 1841—1898），苏格兰诗人、小说家和插画家。与更著名的 William Blake 译名相同，但并非一人。
2 奥利芬特夫人（Margaret Oliphant, 1828—1897），苏格兰作家。
3 《罗伯特·艾斯密尔》（Robert Elsmere），出生于澳大利亚的英国作家 Mrs Humphrey Ward（1851—1920）所写的社会小说。

友曾说过，它使他想起了那种在虔诚的非国教教徒家庭的肉茶¹宴席上进行的交谈，诚如是也。事实上，这种书只有在英国才会被出版。英国是迷途主张的大本营。至于那个太阳每天为之从东方升起的伟大的日益扩张的小说家流派²，关于他们只能说，他们发现生活是原始的，然后听任自然地让它粗陋下去。

"在法国，虽然没有出版过那种像《罗伯特·艾斯密尔》一样刻意表现沉闷的作品，但事情也好不到哪儿去。盖·德·莫泊桑先生以他那尖刻炽烈的讽刺和犀利逼真的手法剥去了生活仅有的破麻布片，向我们展示污秽的痛处和溃烂的伤口。他那过分渲染的小悲剧中的人物个个荒谬可笑；他那苦涩的喜剧没有人能真的笑出眼泪。左拉先生，忠于他在某个关于文学的宣言里所提出的'天才人物不会有智慧'的崇高原则，决心向我们展示：即便他没有天赋可言，至

---

1 英国人把有牛排、猪排等肉类的午后茶点称为肉茶（meat tea）。
2 指现实主义小说家流派，所谓"太阳每天为之从东方升起"是双关句，这里 the East End 又指伦敦东区的贫民区，贫民区生活是现实主义小说家经常描写的题材。

少还能做到乏味。在这一点上他是多么成功啊！他不是没有力量。其实有时在他的作品中（如在《萌芽》中）还真有些类似史诗的东西。可是他的作品完完全全从头错到了脚，不是错在道德观念，而是错在艺术手法上。从任何道德立场上来看，它都恰好是它应该是的东西。作者绝对诚实，确切地按照事物的本来面目描述了它们。道学家们还有什么不满足的呢？我们对我们时代中那些针对左拉先生的道德愤斥绝不同情。那只是伪君子被揭了老底时的愤慨。可是从艺术的立场来看，有什么能为《酒店》《娜娜》和《沸水壶》的作者做辩护的吗？一点儿都没有。拉斯金先生[1]曾形容乔治·艾略特小说中的人物就像是本顿维尔公共马车上的垃圾，可左拉先生书中的人物比之还要糟得多。他们有着令人沮丧的恶习和更令人沮丧的美德。他们的生活记录极端枯燥。谁会在乎他们出了

1　拉斯金（John Ruskin，1819—1900），英国著名美学家和艺术批评家，他的唯美理论激励了拉斐尔前派的文人和艺术家。王尔德在牛津上学时曾受教于他。

什么事？在文学中，我们需要差别、魅力、美和虚构能力。我们不想被底层人的生活记述所折磨并作呕。都德先生要好些。他是个才子，格调明快、文体风趣。可是近来他选择了文学上的自杀。没有人会在乎德洛贝勒[1]和他的口号'必须为艺术而战'，或瓦尔马茹[2]对夜莺没完没了的重复，还有《雅克》[3]中的诗人以及他那'冷酷的词语'，因为从《我的二十年文学生涯》[4]中我们已经得知，这些人物都是直接取材于生活的。对我们来说，他们似乎在刹那间就丧失了所有的活力和仅有的一些品质。唯一真实的人是不存在的人，如果一个小说家已经低劣到去生活中找寻他的角色，至少他也该把它们伪装成创作，而不该吹嘘他们是摹本。小说人物的正当性应该由作者的创造力决

---

1 德洛贝勒（Delobelle），都德小说《小弗罗蒙和大里斯勒》中的人物。

2 瓦尔马茹（Valmajour），都德小说《努马·卢梅斯当》中的人物。

3 《雅克》（Jack），都德小说。

4 《我的二十年文学生涯》（Vingt Ans de ma Vie littéraire），疑为都德回忆作品。

定，而不是由外界形象决定。否则小说就不是艺术的产物。至于心理小说大师保罗·布尔热先生[1]，他犯了一种错误，就是误以为现代男女能够在一系列没完没了的章节中被无限地分析下去。事实上，在上流社交圈里（除了去伦敦之外，布尔热先生很少走出圣日耳曼区[2]），人们的有趣之处在于他们每个人所佩戴的面具，而不是面具背后的真相。这是个可耻的招供，但我们所有的人都是由同样的材料制成的。福斯塔夫[3]的角色里融合了哈姆雷特的特征，哈姆雷特的形象中福斯塔夫的成分也不少。胖爵士难免有忧郁的情绪，年轻的王子偶尔也会开粗俗的玩笑。我们彼此之间的不同，完全是依靠如服装、风格、嗓音、宗教观点、人物外貌和小习惯等此类的次要属性来区分的。越是

1　保罗·布尔热（Paul Bourget，1852—1935），法国诗人，评论家和小说家。
2　圣日耳曼区（Faubourg St. Germain），巴黎文化中心地段，上流社会聚集地。
3　福斯塔夫（Falstaff）是一个破落的胖爵士，莎士比亚笔下的喜剧人物。

分析人物，就越会发现没有分析的必要。迟早会归结到那个叫作'人之本性'的令人讨厌的普遍性上去。其实，任何与穷人相处过的人都会知道得非常清楚，兄弟情谊不仅仅是诗人的梦，还是最令人沮丧和最羞人的现实。一位作者如果坚持要分析上流社会的话，他也可能恰好是在同时描述卖火柴的小女孩和街头小贩。"不过，亲爱的西里尔，到了这儿我不打算进一步耽搁你了。我当然承认现代小说有许多优点。我所坚持的仅是，作为一个文学种类它们是完全不堪卒读的。

谈现实主义的失败

西里尔：你的评论的确非常严肃，但是必须承认我觉得你的某些指责是相当不公平的。我喜欢《马恩岛法官》和《赫的女儿》，还有《门徒》和《艾萨克先生》，至于《罗伯特·艾斯密尔》，我还相当迷恋呢。[1] 当然不是说我把它当作严肃文学来看待。作为那个虔诚的基督徒所面临的问题的陈述，它显得荒谬

---

1 《马恩岛法官》(*The Deemster*)，霍尔·凯恩的小说；《赫的女儿》(*A Daughter of Heth*)，威廉·布莱克 (William Black) 的第一本流行小说；《门徒》(*Le Disciple*)，法国作家 Daniel Maleville 的小说；《艾萨克先生》(*Mr. Isaacs*)，马里恩·克劳福德的小说。

过时。它只不过是一部阿诺德的《文学与教义》[1]，但漏掉了其中的文学部分。它就像是佩利[2]的《证据》或科伦索[3]的《圣经》注释法那样，大大落后于时代。一个不走运的英雄庄重地宣告早已到来的破晓，却完全没有领会它的真正意义，以至于居然想在新商号下继续旧行业，没有什么比这更缺乏感染力的了。与此同时，它也不乏机灵的讽刺，还有一堆令人愉快的名人名言，而且格林的哲学极为愉悦地为作者泛苦的虚构药丸裹上了糖衣。你对自己一向阅读的两位小说家巴尔扎克和乔治·梅瑞狄斯只字未提，我不免感到吃惊。他们肯定是现实主义小说家，两个都是，不是吗？

---

1 阿诺德（Matthew Arnold，1822—1888），英国诗人、作家和批评家。他希望广义上的文学能取代宗教在精神生活中的地位，提倡"以无我之心学习并传播世上最好的思想和文字"。

2 佩利（William Paley，1743—1805），英国神学家。

3 科伦索（John William Colenso，1814—1893），英国人，南非纳塔尔（Natal）省的英国主教，宗教和民权革新人士。他对"摩西五书"等《圣经》作品的大胆考证给他带来了"邪恶的主教"（The Wicked Bishop）之称。

维维安：哈，梅瑞狄斯！谁能给他下定义？他的风格是被道道闪电耀亮的一片混沌。作为写作者，除了语言他对什么都精通；作为小说家，除了讲故事他什么都会；作为艺术家，除了表现手法他对什么都在行。莎士比亚戏剧中有个人（我想是试金石[1]）谈论起另外某个人，说他总是在自己的才智上跌断胫骨，依我看，这个比喻或许可以用来作为批评梅瑞狄斯手法的基础。不过无论他是谁，都不会是一个现实主义小说家。或者我宁愿说，他是现实主义这位父亲的不听话的孩子。经过深思熟虑的抉择之后，他变成了一个浪漫主义者。他拒绝向巴力[2]屈膝，归根结底，哪怕这个人的美好灵魂不奋起反抗现实主义的聒噪主张，他自己的文体也是自足的，足以使他和现实生活保持一个恭敬的距离。他自有手段在花园周遭种上一圈浑身是刺的篱笆，同时又以美妙的玫瑰来为自己增色。

1　试金石（Touchstone），莎士比亚戏剧《皆大欢喜》中的著名小丑形象。
2　巴力（Baal），古代迦南人和腓尼基人信奉的丰饶之神、生育之神。

至于巴尔扎克，他是艺术气质和科学精神的最令人惊叹的结合。他把后者遗赠给了他的学生，前者则完全归自己独有。左拉先生的《酒店》和巴尔扎克的《幻灭》之间的区别，就是缺乏想象力的现实主义和虚构空间中的真实之间的区别。波德莱尔曾说：'巴尔扎克的所有人物都被赋予了生命的激情，那同样的激情也激励着巴尔扎克自己。他所有的小说都像是梦一样被深深浸润上了色彩。每一颗心灵就像是一支武器，被弹药般的欲望一直填塞到枪口。连卑鄙之徒也是多才的。'经常阅读巴尔扎克会把我们活着的朋友降低成幽灵，把我们的熟人降低成幽灵的幽灵。他的人物是一种烈焰般色彩的炽热存在。他们主宰着我们，向怀疑论示以挑衅。我生命中遭遇的最大悲剧之一就是吕西安·德·吕邦泼雷[1]之死。我从未能彻底自这件伤心事中解脱出来。在快乐的时光里它仍旧萦绕着我，发笑的时候我会突然想起它，但是巴尔扎克并不

1　吕西安·德·吕邦泼雷（Lucien de Rubempré），巴尔扎克笔下人物。在《幻灭》等书中出现。

比霍尔拜因[1]更现实主义。他创造生活而不是描摹它。但我承认，他过高地估价了形式的现代性，因此，作为艺术杰作来说，他的作品无法和《萨朗波》《埃斯蒙德》《教堂和家灶》或《德·布拉热洛涅子爵》相提并论。[2]

西里尔：这么说你反对形式的现代性？

维维安：是的，它得不偿失。形式的纯粹现代性总难免趋于庸俗化。它无法阻止那种趋势。由于公众对自己周遭的环境很感兴趣，所以他们总以为艺术也应该对它们同样感兴趣，并且应该以它们为题材。可是正因为他们对这类事物感兴趣，所以它们不适合成为艺术的主题。正如某人曾经说过，唯一美丽的事物

---

1 霍尔拜因（Hans Holbein, 1497—1543），德国现实主义风格的肖像绘画大师。
2 《萨朗波》（*Salammbô*），福楼拜的作品；《埃斯蒙德》（*Henry Esmond*），英国作家萨克雷（William Thackery, 1811—1863）的历史小说；《教堂和家灶》（*The Cloister and the Hearth*），英国戏剧家和小说家里德（Charles Reade, 1814—1884）的作品；《德·布拉热洛涅子爵》（*The Vicomte de Bragelonne*），法国作家大仲马的作品。

就是与我们无关的事物。只要事物对我们有用，是我们所需，或以任何方式对我们有所影响，无论是带来痛苦还是欢悦，还是强烈地呼吁着我们的同情，或是我们所居环境的一个重要组成，它都不属于艺术的范畴。对于艺术的题材，我们的态度多少应该是漠然的。在任何情形下，我们都应该不偏不倚，不带成见，哪一种党派习气也不该沾染。正是因为赫卡柏[1]与我们毫不相干，所以她的悲痛才是一个令人称羡的悲剧主题。在整个文学史上，我不知道还有什么东西比查尔斯·里德的艺术生涯更可悲的了。他写了美妙的《教堂和家灶》，一本远胜《罗莫拉》的书，正如《罗莫拉》远胜《丹尼尔·德龙达》。[2]可是他却把后半生浪费在了一种愚蠢的努力上——他致力于现代

1　赫卡柏（Hecuba），特洛伊王后。劫走海伦的帕里斯（Paris）即她的儿子。这里疑指古希腊剧作家欧里庇得斯的悲剧《特洛伊妇女》中的情节，该剧主要描写了特洛伊城沦陷后赫卡柏家破人亡的悲痛心情。
2　《罗莫拉》（Romola）和《丹尼尔·德龙达》（Daniel Deronda）都是英国女作家乔治·艾略特（George Eliot, 1819—1880）的小说。

化的发展，试图把公众的视线引向监狱状况和私有疯人院的管理。当查尔斯·狄更斯试图唤起我们对"济贫法"[1]执行过程中的牺牲品的同情时，凭良心说他已经够令人沮丧的了；可是查尔斯·里德，一个艺术家、学者，一位有着真正对美的感知力的人物，像一个平庸的小册子作家或追求轰动效应的记者那样对当代生活的陋习狂怒咆哮，这可真是令天使为之落泪的场面啊。相信我，亲爱的西里尔，形式的现代性和主题的现代性是完全而且彻底错误的。我们把时代的低劣制服错当成了缪斯的衣袍，我们本该追随阿波罗去山坳，可我们却把时间浪费在这些可憎城市的肮脏街道和它的丑陋市郊之间。我们的确是退化的种族，为一碗"真相"出卖了自己的长子继承权[2]。

西里尔： 你说的话有些道理。无疑，不论一本纯

1　济贫法（poor-law），指 1601 年英国颁布的《济贫法》，其于 1834 年修订。

2　该典故出自《圣经·创世记》第二十五章，饥渴的以扫为了一碗红豆汤，把长子名分卖给了他的弟弟雅各。雅各后成为以色列人的始祖。

粹写实的小说能给我们带来什么样的乐趣，重读之下我们几乎体会不到任何艺术上的快感，这也许是最好的检验文学价值的简易方法。如果不能在反复阅读一本书中得到享受，就根本没有阅读它的必要。你对重返生活和自然有什么看法？这是经常被介绍给我们的万能药。

维维安：我打算给你读一段关于这个问题的文字。这段话本来在后面，但是我也可以现在就读给你听——

"我们时代的流行呼声是'让我们重返生活和自然！它们会为我们重育艺术，输来鲜血在她的静脉中驰骋；为她穿上迅疾的鞋子，使她的手臂更强壮'。但是，唉！我们亲切好意的努力是错误的，自然总是跟在时代的后面。至于生活，它是瓦解艺术的溶剂，是使她的宅邸沦为废墟的敌人。"

西里尔：你说自然总是跟在时代后面是什么意思？

维维安：哦，含义也许相当隐晦。我的意思是，如果我们所说的自然指的是与自觉文化相对立的"与生俱来的基本天性"，受到这种影响的作品就始终是老式的、陈旧的和过时的。对自然的轻轻一触会使整个世界联结成一个血亲同族，但是对自然的再次接触会毁掉所有的艺术品。从另一方面来说，如果我们把自然看作外在于人类的现象的集合，人们在自然中就只能找到自己携来的物品；她并没有给出她自己的启示。华兹华斯去过湖畔，但他从来就不是一个湖畔诗人。他在石头上发现了自己原先藏在那里的启示 [1]。他在地区做巡回讲道，但是他的优秀作品不是在回归自然而是在回归诗歌本身时创作的。诗歌赐予华兹华斯《罗妲弥亚》[2]、美好的十四行以及那首壮观的颂歌 [3]（尽管质量不过尔尔）。自然则赠给他"玛撒·雷"和"彼得·贝尔"，还有向威尔金森先生的铁锹所献的致

---

1 此典故出自莎士比亚的《皆大欢喜》，指自然万物给予人类的启示。
2 《罗妲弥亚》（ Laodamia ），华兹华斯的诗作。
3 华兹华斯写过若干颂歌（ Ode ），该处所指是哪一首不详。

辞。[1]

西里尔： 我对你的观点持疑。我颇倾向于相信"来自春日树林的灵感"，尽管显而易见，这种刺激的艺术价值完全取决于接受者的气质，因而重返自然只不过意味着向伟大个性的迈进。我猜想你会认同这一点的。不过，还是继续你的文章吧。

维维安（朗读）： "艺术起始于抽象装饰，起始于那种纯然虚构的、令人欢悦的作品，它们只与不真实和不存在的事物打交道。这是第一阶段。然后生活为新生的奇迹所倾倒，渴望被允许加入这个只接纳少数合格者的小圈子。艺术把生活作为她的部分原材料收留了下来，对它进行再创造，以全新的形式翻改它。艺术对事实全无兴趣，她创造、想象和梦想，在自己和现实之间设立了不可逾越的屏障，这屏障由美

1　玛撒·雷（Martha Ray），华兹华斯的诗作《荆棘》（The Thorn）中的女主角；彼得·贝尔（Peter Bell），华兹华斯的同名诗作和诗中的角色；威尔金森先生的铁锹，指华兹华斯的诗作《写给一个朋友的铁锹》（To the Spade of a Friend），这首诗是献给托马斯·威尔金森（Thomas Wilkinson，1751—1836）的。

妙的风格和装饰性或理想化的艺术处理构成。第三阶段是，当生活占领上风，就把艺术赶到荒野中去了。这才是真正的颓废，我们现在忍受着的就是这种情形。

"以英国戏剧为例。最先在修道院僧侣的手中，戏剧艺术是不具实体的、装饰性的、存在于神话意识中的。后来她收编了生活，利用生活的某些外在形式，创造了一种全新的人种，他们苦起来比苦人儿都苦，乐起来比情人还乐，愤怒时像泰坦族巨人，安静下来像神祇。他们身上的罪恶是巨大的、不可思议的，他们身上的美德也同样是巨大的、不可思议的。她给了这人种不同于现实中所使用的语言，那是一种充盈着共鸣乐感和甜美韵律的语言，通过庄重的顿挫来产生威严的影响，或通过空幻的韵脚编织出精巧的效果，这种语言上镶嵌着令人惊叹的词语，装饰以崇高的修辞。她为自己的孩子们披上异乡的袍衣，给他们以面具，应她之邀，古代社会从大理石的坟冢里起身复活。一个新的恺撒在复兴的罗马大道上高视阔步，紫色帆篷和笛声引导的桨楫掩映中，另一个克里奥帕特拉循河而上，前往安提俄克[1]。古老的神话和传说就此找到了形状和实体。历史被彻底改写了，凡是戏剧家，几乎没有人会不承认，艺术的对象并非简单的事实而是复杂的美。在这点上他们绝对正确。艺术本身就是一种夸张形式，作为艺术的真正精神所在，挑选（selection）无非就是一种对过分强调（over-emphasis）的强化方式。

"可生活很快就破坏了形式的完美性。甚至从莎士比亚起，我们就可以看出毁灭的端倪。其表现形式是，在莎士比亚的后期戏剧中无韵诗逐渐开始衰落，散文体占据了主导地位，性格描述受到过分强调。莎士比亚戏剧中那些语言粗俗平庸、夸张荒谬乃至猥琐的段落（而且为数不少），完全都是由于生活在其中呼唤自己的回音并拒绝美好风格的介入，而生活应该只有借助这种美好风格才被允许去寻求表达。莎士比亚无论如何算不得无缺陷的艺术家。他太热衷于生活

1　安提俄克（Antioch），埃及女王克里奥帕特拉和安东尼的结婚地点。

的直接体验了，而且借用了生活本身的表达方式。他忘了，艺术一旦放弃虚构手法就等于放弃了一切。歌德在某篇文章中说道——

In der Beschr? nkung zeigt sich erst der Meister.[1]

大师在限制内体现自己，而限制则是所有艺术的先决条件，它指的也就是风格。不过，我们没必要在莎士比亚的现实主义上纠缠过久。《暴风雨》毕竟是翻案体颂歌（palinodes）中最完美的。我们所想指出的只不过是，伊丽莎白和詹姆士一世时期的艺术家们的宏伟巨作在其自身中都包含了自我消亡的种子，而且，如果它们在把生活当作原材料使用时获取了一些能量，那么也在把生活当作一种艺术手法的过程中沾染了所有的弱点。以模仿手法取代创造性手法，放弃了虚构形式，其必然结果就是让我们拥有了现代英国

---

1 德文，意为"大师首先体现在有所节制"，典出歌德的诗作《自然与艺术》（*Natur und Kunst*）。

情节剧。这些戏剧中的角色在台上的谈话简直就像是想要毁掉交谈。他们既没有抱负，也不发送气音[1]。他们直接从生活中来，再现它的粗俗直至最细小的细节；他们上演真人的步态、举止、装束和口音；哪怕从三等车厢里走过，他们也不会引人注目。可是，这些戏剧是多么乏味啊！甚至在它们致力表现的写实印象方面，它们也没有获得成功，而那却是他们存在的仅有理由。作为一种手法，现实主义是全盘失败的。

"适用于戏剧和小说的，也同样适用于我们称为装饰性艺术[2]的艺术种类。这些艺术在欧洲的整个发展史就是一部东方理念与我们模仿精神之间的竞争记录，东方理念坦率地拒绝模仿，热爱唯美的传统准则，反感对自然事物的刻板表现。在任何东方理念占优势的土地上，如拜占庭（图3）、西西里、西班牙等与东方有实际往来的国度，或受十字军影响的欧洲

1　在英语里抱负（aspirations）和送气音（aspirates）读音很近，这里是利用谐音所做的语言游戏。
2　装饰性艺术（decorative arts）：19世纪以莫里斯等人为首的艺术运动，在建筑上强调室内和室外装修在艺术上的和谐性和一致性。

其他地方，我们都可以看到美丽的、富有想象力的创作，在那些作品里，生活中的可见事物被吸收进了传统艺术中，生活里没有的事物则被虚构和塑造出来，以此来取悦她。但是无论在哪里，只要我们回归了生活和自然，我们的作品就总显得粗俗、平庸和无趣。虚无缥缈的效果、构思复杂的透视法、多余天空的广阔延伸以及翔实劳神的写实主义，一块拥有如许特征的现代挂毯，无奈还是没有任何美感可言。德国的图景玻璃实在令人倒足胃口。在英国，现在我们开始编织有前途的地毯了（图4），仅仅是由于我们又返回东方的手法和精神中去了。就在20年前，我们的挂毯和地毯还充满了不苟言笑的令人压抑的真实性、对自然空洞愚蠢的崇拜，以及对有形事物的可耻的复制，甚至在市侩眼里，它们也变成了一种笑料。一位有文化修养的穆罕默德的信徒曾经当面对我们说：'你们基督徒忙于曲解第四诫，以致从未想过对第二诚进行艺术化的运用。'[1] 他说得完全正确，这件事的全部真相在于：学习艺术的适宜场所不是在生活中，而是在艺术中。"

现在让我给你读一个段落，依我看它已经很全面地解答了这个问题。

"事情并非总是如此。我们不必以诗人为例，因为除了华兹华斯这个不合时宜的例外者，诗人们对自己的高尚使命倒真是满怀虔诚的，他们被普遍地认为是绝对不可靠的。尽管现代假内行们借浅薄狭隘的理解想尽办法去证实希罗多德的记载，但称他为'谎言之父'[2] 仍旧不失公正，在希罗多德的著作中；在西塞罗已刊行的演讲和斯韦托尼阿[3] 的传记里；在塔

---

1 指十诫中第二诫和第四诫。十诫散见《圣经》各处，但主要内容见《出埃及记》第二十章。关于十诫的具体所指在宗教界存在一定分歧，基本上看来，第二诫涉及对上帝的偶像崇拜；第四诫讲的是有关安息日的具体戒律。

2 通常，希罗多德被称为"历史之父"，但由于他所撰写的《历史》有一些失信之处，他也被一些不满的学者称为"谎言之父"。

3 斯韦托尼阿（Suetonius，约69—122以后），古罗马传记作家，著有《十二恺撒传》等。

西佗最好的段落、蒲林尼[1]的《博物志》、汉诺[2]的《航行记》，还有所有早期的编年史、圣徒传、弗鲁瓦萨尔和托马斯·马罗礼爵士[3]的历史著作、马可·波罗的旅行、奥拉斯·马格努斯和阿杜汶德斯的博物学、康拉德·利格森尼斯的《奇闻怪兆编年史》[4]、本韦努托·切利尼的自传和卡萨诺瓦的回忆录、笛福的《瘟疫年纪事》、博斯韦尔的《约翰逊生平》、拿破仑的军

---

1 蒲林尼（Pliny，约79年以前），指大蒲林尼，古罗马历史学家，著有《博物志》。传说在观察公元79年的维苏威火山爆发时窒息身亡。

2 汉诺（Hanno），公元前615年前后的迦太基航海家，曾航行于非洲西海岸，他的航行记录（Periplus）被刻在迦太基巴力神庙的石柱上。

3 弗鲁瓦萨尔（Jean Froissart），法国诗人和历史学家，主要作品是记载英法百年战争的《闻见录》（Chronicle）；托马斯·马罗礼爵士（Sir Thomas Mallory，1405—1471），英国作家，主要作品是 Le Morte Darthur，即有关亚瑟王和他的圆桌骑士的传奇。

4 奥拉斯·马格努斯（Olaus Magnus，1490—1558），瑞典历史学家和地理学者；阿杜汶德斯（Ulysses Aldrovandus，1527—1605），意大利博物学家；康拉德·利格森尼斯（Conrad Lycosthenes，1518—1561），瑞士博物学家，著有《奇闻怪兆编年史》（Prodigiorum et Ostentorum Chronicon）。

事急函以及属于我们的卡莱尔（他的《法国大革命》是最迷人的历史小说之一）[1]，在以上所有这些作家的笔下，事实要么被置于适当的隶属地位，要么就以沉闷为一般理由而被完全地排除在外。而今，一切都变了。事实不仅仅是在历史中找寻它的立足点，它还在篡夺'幻想'的统治权，而且已经入侵了'罗曼司'王国。它们冰冷地触抚过一切事物。它们使人类庸俗化。粗劣的美国商业主义，它的物质化精神，对事物的诗化品质的无动于衷，以及它在想象力和崇高不可

1　本韦努托·切利尼（Benvenuto Cellini，1500—1571），文艺复兴时期著名的佛罗伦萨雕塑家兼金银匠；卡萨诺瓦（Jacques Casanova de Seingalt，1725—1798），意大利冒险家和作家，以风流韵事著称；笛福（Daniel Defoe，1660—1731），《鲁宾孙漂流记》的作者，《瘟疫年纪事》(The Journal of the Plague Year) 是他写的关于 1665 年伦敦大瘟疫的历史记录作品；博斯韦（James Boswell，1740—1795），苏格兰作家，《约翰逊生平》是他为塞缪尔·约翰逊（Samuel Johnson，1709—1784）所写的传记作品，塞缪尔·约翰逊是英国著名的作家和词典编纂学家；"拿破仑的军事急函"指拿破仑在埃及战役中的急函（despatches）；卡莱尔（Thomas Carlyle，1795—1881），苏格兰著名历史学家、评论家，著有《法国大革命》(French Revolution) 和《新衣上身》(Sartor Resartus) 等书，王尔德在文中多次提到他。

及的理想方面的欠缺，这一切全都该归咎于那个国家视某人为它的民族英雄，那人，根据他自己的供词，连撒个谎的能力都没有。在一个较短的时间里，乔治·华盛顿和樱桃树的故事给整个文学事业所带来的危害就超过了有史以来的一切道德故事，这样说并不过分。"

文学是生活的塑造者

西里尔：噢，好家伙！

维维安：我告诉你就是这么回事，整个事件的滑稽之处在于，樱桃树的故事根本就是编造出来的。不过，你别以为我对无论是美国还是我国的艺术前景都一片灰心。听着——

"在本世纪（19世纪）结束之前将会出现某种变化，我们对此毫无疑问。那种既没有夸张的才智也没有渲染的天赋的人的冗长说教令人乏味，而那种永远以记忆为怀旧基础的知识人士则让人厌倦，这种人的叙述一成不变地拘于或然性，而且随时会被偶然在场的最地道的庸人所证实，基于这些，上流社会迟早会回头去寻找它那失去的领袖，即那个修养良好、富有魅力的撒谎者。他就是那个根本还没有出门参加过原始狩猎，就胆敢在日落时分向困惑的洞穴人率先吹嘘他是怎样把大獭兽从它那碧玉洞穴所在的紫色昏暗中拖出来的家伙，或那个吹嘘在一对一的搏斗中他是怎样放倒猛犸并且带回它那镀金大牙的人。他是谁？我们不敢确定，现代人类学家尽管有着自吹自诩的科学知识，他们中间也没有一个人有点寻常的勇气来告诉我们。无论他叫什么名字或属于哪个民族，这个人肯定是社会交际的真正奠基人。因为撒谎者的目的只不过是施展魅力、逗人开心、给大伙带来乐趣。他是文明社会的真正基础，没有他的存在，哪怕是在伟人豪宅中举行的午餐宴席，也会乏味得像皇家学会里的讲座、作家协会上的辩论或伯南德先生 ¹ 滑稽剧中的一幕。

"他不仅仅会受到上流社会的欢迎。艺术，在挣脱了现实主义的牢笼之后，将飞奔着去迎接他，亲吻他虚假美妙的双唇，知道他独一人就拥有她所有表

---

1 伯南德（Francis Cowley Burnard，1836—1917），英国戏剧家。

现形式的伟大秘密，这个秘密就是真理完全而且绝对只和风格有关；而生活——可怜的、偶然性的、无趣的人类生活——厌倦了自己为赫伯特·斯潘塞先生[1]、严谨的历史学家们，还有寻常的统计工作者所做的自我重复，将会乖顺地跟随这位撒谎者之后，试图以自己简单质朴的方式重现他所讲述的某些奇迹。

"无疑，总会有某种批评家，就像《星期六评论》上的某个作者那样，他们会严厉地指责童话讲述者在博物史方面的漏洞，以自己在想象力上的无能为标准来衡量幻想作品，如果有某位诚实的绅士，从未拜访过比自己花园的紫杉林更远的地方，却像约翰·曼德维尔爵士那样写了一部迷人的旅行录，或像伟大的雷利那样，[2]对历史一无所知但撰述了一部世界全史，他

1　赫伯特·斯潘塞（Herbert Spencer, 1820—1903），英国著名的实证主义哲学家、社会学家和教育理论家。

2　约翰·曼德维尔爵士（Sir John Mandeville），14世纪英国作家，著有《约翰·曼德维尔爵士航海及旅行记》（*The Voyage and Travels of Sir John Mandeville, Knight*），内容多取材于百科全书及他人的游记；雷利（Walter Raleigh, 1552—1618），英国军人、探险家、作家，著有《世界史》（*The History of the World*）。

们就会恐惧地高举起自己沾染了墨迹的手来表示反对。为了给自己找理由，他们极力寻求某人的庇护，是那人使普洛斯彼罗[1]变成了魔术师，把凯列班和爱丽儿当仆人使唤，他曾听过特赖登在魔岛周遭的珊瑚礁上吹响号角，曾听过雅典附近树林中仙女们的对唱，曾率领一列形象朦胧的幽灵国王穿越薄雾笼罩的苏格兰石楠树丛，并把赫卡特和命运三姐妹一起藏在山洞里。[2]他们呼唤莎士比亚的帮助，这是他们惯用的伎俩，他们引证关于艺术模仿自然的陈腐段落[3]，却忘了这可悲的警句是哈姆雷特故意用来使旁人相信他在艺术问题上已经彻底丧失了理智的。"

西里尔： 啊哈！请再来一支烟。

1　普洛斯彼罗（Prospero），《暴风雨》中的人物，旧米兰的公爵；凯列班（Caliban）和爱丽儿（Ariel）是莎士比亚戏剧《暴风雨》中的人物。凯列班是一个野性十足的奴隶，爱丽儿是一个精灵。

2　特赖登（Tritons），古希腊神话中的人身鱼尾海神，Poseidon和Amphitrite之子；赫卡特（Hecate）和命运三姐妹（weird sisters），古希腊神话中的人物。赫卡特是司夜和冥界之女神。

3　见《哈姆雷特》第三幕第二场。哈姆雷特对演员说戏剧"由古迄今都是模仿自然，展示道德，揭发丑陋和忠实地反映社会生活"。

维维安：亲爱的，无论你感受如何，那仅仅是一句台词，正如埃古[1]的坦白代表不了莎士比亚的真实道德观，它也代表不了莎士比亚的真正艺术观。还是让我念念这段的结尾吧。

"艺术在自身中而不是自身之外发现了她自己的完美。她不受相似性的外在标准的评判。她是面纱而不是镜子。她拥有任何森林都不知晓的花种，她的鸟类在所有的林地上都看不到。她创造和毁灭了许多个世界，还能用一根血红色的绳子[2]把月亮从天上拽下来。她的形式是'比活人更真实的形式'，她的原型是伟大的原型，一切存在之事只不过是这些原型未完工的模仿。在她眼中，自然既没有规律性也没有一致性。她能够随心所欲地创造奇迹。当她向深处呼唤怪兽，它们应声而来。她能吩咐杏树在冬天绽放花朵，也能送去大雪覆盖成熟的麦地。只需她金口一开，霜

1　埃古（Iago），莎士比亚戏剧《奥赛罗》中的反面人物。
2　血红色的绳子（scarlet thread）是《圣经》中的一个概念，见《约书亚记》第二章，意指接受上帝的救赎。

冻就会把它银色的手指置于六月的火热嘴唇之上，带翼的狮子也会从吕底亚的山洞中爬出来。当她经过时，森林女神们会从灌木丛中悄悄窥视，如果她走近些，棕皮肤的农牧神就会望着她怪模怪样地发笑。她属下的鹰嘴神祇们会膜拜她，还有人马神们，会在她的身边来回疾驰。"

西里尔：我喜欢这段。我能想象那种场景。这是结尾吗？

维维安：不。还有一段，不过那是纯粹实用性的一段。仅仅提供了一些方法，我们可以借这些方法去复兴撒谎这门业已失传的艺术。

西里尔：哦，在你朗读之前，我希望能问你一个问题。你提到生活，"可怜的、偶然性的、无趣的人类生活"将设法再现艺术的奇迹，这是什么意思？我很能理解你反对把艺术视为镜子。你认为那样会把天赋降低到一面破镜子的地步。但是你不是真以为生活在模仿艺术，以及生活其实是映象，而艺术才是真实吧？

维维安：我就是这样认为的。尽管它也许看起来似是而非——而似是而非一向都是危险的——生活模仿艺术远甚于艺术模仿生活，这样说仍然不会错。在当前的英国，我们都看到了一种奇特迷人的美是怎样对生活施加影响的，这种类型的美是由两个充满想象力的画家[1]创造并加以强调的，无论何时，去参观绘画预展或艺术沙龙的人都会看到，这一边是罗塞蒂梦中的神秘眼睛，修长的象牙色脖颈，陌生的四方下巴，他所深爱的轮廓模糊地披散着头发；[2]那边是《黄金阶梯》（图 5）上的甜蜜处女时代，《爱神赞》（图 6）里慵懒的可爱姿态和花苞似的嘴，安德洛墨达因激情而显得苍白的面庞，《默林的梦》中维维安的纤

1　指拉斐尔前派的主要代表人物罗塞蒂和伯恩·琼斯。

2　罗塞蒂（Dante Gabriel Rossetti，1828—1882），英国画家、诗人、设计师，拉斐尔前派的主要代表人物之一。这段文字中长着四方下巴的女性，指的是罗塞蒂的绘画模特儿简·莫里斯（威廉·莫里斯的妻子），她在罗塞蒂的诸多绘画作品（包括《白日梦》，图 7）中充当了女主角，是拉斐尔前派的理想美人形象。

手和肢体柔软的美色。¹事情总是如此。伟大的艺术家创造了新典型，生活则试着去模仿它，像某个有进取心的出版商那样，以一种流行的形式复制它，霍尔拜因和凡·戴克²都不可能在英国看出他们曾经给予我们的东西。他们携来了自己的绘画风格，生活则以她那敏捷的模仿天赋为大师提供了模特儿。希腊人由于具有敏锐的艺术本能，能够理解这些，所以在新娘的寝室里摆放赫耳墨斯或阿波罗的塑像，在销魂或阵痛之际，她们注视着那些艺术形象，这样就可以产下与那些艺术作品同样可爱的孩子。他们知道生活从艺

---

1 《黄金阶梯》(The Golden Stair) 和《爱神赞》(Laus Amoris，又名 Laus Veneris) 都是英国拉斐尔前派画家伯恩·琼斯的表现美学运动主旨的作品；安德洛墨达 (Andromeda)，古希腊神话故事中人物，埃塞俄比亚公主，其母因夸其貌美而得罪海神，她为了救国自愿被囚于海边，后被珀尔修斯救出。她是伯恩·琼斯系列绘画中的主角；《默林的梦》(Merlin's Dream) 指伯恩·琼斯的绘画作品《默林的被骗》(The Beguiling of Merlin，图 8)。默林原本是亚瑟王的魔法师，女巫维维安以自身的魅力诱惑默林，然后把他禁闭在一个树洞里。

2 凡·戴克 (Anton van Dyck, 1599—1641)，比利时时弗来芒语地区的雕塑家和画家，晚年曾任英国宫廷画师。

术中所得到的不仅仅是灵性、思想和感性的深度，以及灵魂的骚动或平静，她还可以依据艺术的线条和色彩来构塑自己，重现菲狄亚斯和伯拉克西特列斯的尊贵。[1] 他们对现实主义的反对由此而生。他们讨厌它纯粹由于社会原因。他们觉得它必然会丑化人类，这一点绝对正确。我们试图用清新的空气、丰饶的阳光、卫生的水源来改善种族的生活状况，又用光秃秃的丑陋建筑来提高下等阶层的居住条件。但是这些事物仅仅带来了健康，不会产生美。因此就需要有艺术，伟大艺术家的真正门徒不是画室里的模仿者，而是那些与他的艺术作品相似的人，那些作品既可能是希腊时期的造型艺术，也可能是现代的绘画艺术。总而言之一句话，生活是艺术最好的学徒，也是她仅有的学徒。

适用于有形艺术的，也一样适用于文学形式。能体现这种情况的最明显和最粗俗的形式就是那些

1　菲狄亚斯（Phidias）和伯拉克西特列斯（Praxiteles），希腊古典时期的著名雕塑家。

无聊小伙们所干的事，他们在阅读了杰克·谢泼德或迪克·特平[1]的历险记之后，就开始打劫不幸的卖苹果妇女的小摊，在夜间砸开糖果店，在偏远的小径上恐吓那些从城市里回家的老绅士们。他们头戴黑面具，手持卸了子弹的左轮连发手枪，跳出来扑向那些人。这种有趣的现象，总发生在我刚才提及的那两本书中随便哪一本的新版上市之际，通常被归因于文学对想象力的影响。然而，这是一个错误。想象力本质上是富有创造性的，它总是在寻求新形式。年轻的夜贼只不过是生命的模仿本能所导致的必然结果。他就是"事实"，并像通常情况下的"事实"那样忙碌着致力于再现虚构，我们在他身上所看到的东西也以更大的规模重复出现在整个生活中。叔本华分析过成为现代思想之特征的悲观主义，但是，哈姆雷特发明了悲观主义。世界变得忧伤，

1　杰克·谢泼德（Jack Sheppard，1702—1724），英国的窃贼和大盗，越狱多次，后来被判绞刑处死，英国作家笛福等都曾以他为题材写过书；迪克·特平（Dick Turpin，1705—1739），英国著名强盗，后被绞死。

因为一个木偶曾感到忧郁。虚无主义者，那没有信仰的奇怪的殉道者，他毫无激情地走向木柴堆，为自己所不相信的事物献身，这个人纯粹是一种文学产物。他来自屠格涅夫的创作，再由陀思妥耶夫斯基加以完成。罗伯斯庇尔出自卢梭的书页，其可信程度就像人民宫 [1] 来自某部小说的残篇。文学总是先于生活，不是模仿它，而是按照自己的目的去塑造它。正如我们所知，19 世纪在很大程度上是巴尔扎克的创造物。我们的吕西安·德·吕邦泼雷、拉斯蒂涅和德·马赛最初都是在《人间喜剧》的戏台上出现的。我们只不过是用脚注和多余的补充来实现一位伟大小说家的怪念头、幻想或创造性幻觉。我曾经询问过某个熟知萨克雷的女士，想知道他的蓓基·夏泼是否有原型。她告诉我蓓基是个创造物，但是创造这个人物的灵感部分来自一个住在肯辛顿广场附近的家庭女教师，她是一个极为自私的富有

1　人民宫（the People's Palace），伦敦建筑，原为玛丽女皇学院，于 1885 年改名为人民宫，是大众教育和活动场所。

老太婆的伴随。我追问那个家庭女教师的下落，她回答说，说来也怪，在《名利场》出版几年以后，她和她陪伴的那个女士的侄子私奔了，完全照搬了罗登·克劳莱夫人的风格和手段，这事一度在社交圈里闹得沸沸扬扬。最终她境遇悲惨，流落到欧洲大陆上，偶尔有人看见她出现在蒙特卡罗和其他地方的赌场上。就是这同一位伟大的伤感主义者，曾以某个高贵的绅士为原型塑造了纽科姆上校，《纽科姆一家》发行到第四版后又过了几个月，那位绅士去世了，嘴里还念着："到！"[1] 史蒂文森先生发表了他那部关于变形的古怪心理小说后不久，我的一位名叫海德的朋友，从伦敦北部因急着赶往一家火车站而走了一条他自以为的近道，结果迷了路——他发现自己落入了一片破蔽的、看上去很邪气的街巷之网中。由于相当紧张，他开始以极快的速度行走，突然从某个拱道边跑出一个小孩，正好跑到他的腿间。这孩子跌倒在人行道上，我朋友被他绊倒

---

1 到（adsum），拉丁词，军队点名时的回答用词。

了，踩了他。当然，由于极大的恐惧和一些小伤害，那孩子开始尖叫，几秒钟之后，整条街道上挤满了像蚂蚁一样涌出房子的粗人。他们包围了他，问他叫什么名字。他正打算说出名字，突然回想起史蒂文森先生故事中的开场事件。由于亲身体验到了那个可怕的、精心描写的场景，也由于在意外中所做下的事（尽管正相反，在小说中那是海德先生故意做下的），他满怀恐惧。就这样，他尽其所能地逃跑了。然而他被紧紧地追赶着。最后，他躲进了一家诊所，那家诊所的门正好开着，他对一位碰巧在那儿的年轻助手解释了实际上发生的一切，在他出了一点钱之后，那伙人道主义者就被打发走了。等风头一过去，他就离开了。当他跨出门时，诊所那黄铜门牌上的名字吸引了他的目光。那上面写着"哲基尔"，至少，应该是这么个名字。

就其情形而言，以上的模仿当然属于偶然。在以下的例子中，模仿则是自觉的。1879 年，我刚刚离开牛津，在某个外交大臣府第中举行的一次宴会上，我遇见一个极具稀罕异国美感的女人。我们变成了极要好的朋友，总是待在一起。然而最吸引我的，不是她的美丽，而是她的性格，她的性格完全是暧昧不清的。她似乎根本就没有个性，她所有的只不过是许多种类的可能性。有时，她会把自己完全奉献给艺术，把休息室改装成画室，每周在画廊或博物馆里待上三两天。接着她就开始出席赛马集会，身穿最标准的马术服，除了赛马投注以外什么都不谈。为了催眠术她放弃了宗教，为了政治她放弃了催眠术，为了慈善事业的夸张刺激她放弃了政治。事实上，她是某位普洛透斯[1]，她在各种变形中的失败就像那个神奇的海神在奥德修斯手里的遭遇一样。有一天，某本法国杂志刊登了一个新连载。那时我常读连载故事，当看到有关女主人公的描述时，我对自己当时的那种震惊记忆犹新。她和我的朋友是那么相似，我把杂志带给她看，她立刻从中认出了自己。看起来她对那种相似很着迷。我顺便得补充一句，那个故事是从某个已故的

1　普洛透斯（Proteus），古希腊神话中的海神，老人，善预言，能随心所欲地改变自己的形象，曾被奥德修斯制伏。

俄国作家那里翻译过来的，因此作者并不是以我的朋友为原型进行创作的。哦，长话短说，几个月后，我在威尼斯一家旅馆的阅读室里看到了那本杂志。我随手拿起它，想看看女主人公现在怎样了。那是一个最悲哀的故事，因为那个姑娘的结局是和某个男人私奔了，那男人的层次绝对比她低，不仅是在社会地位上，在性格和智商上也是。那晚我给这位朋友写信谈了我对乔万尼·贝利尔[1]的看法、弗罗里安咖啡屋[2]一流的冰镇食品，以及贡都拉船[3]的艺术价值，但是就她的那一重化身在故事里的极端愚蠢行为，我又加了一个附言。我不知道为什么会加上这么一段，但是记得当时心中突然浮现起某种恐惧，担心她也许会做同样的事。在我那封信到达之前，她就已经和某个男人

1　乔万尼·贝利尔（John Bellini or Giovanni Bellini），意大利威尼斯派画家。

2　弗罗里安咖啡屋（Florian's），威尼斯著名的咖啡馆，1720 年开业，坐落于圣马可广场（Piazza San Marco）。

3　贡都拉船（gondolas），威尼斯的水上交通工具，船身纤细，船底扁平，历史可追溯至 11 世纪。

私奔了，那人在六个月后又遗弃了她。1884年，我在巴黎见到了她，她和母亲住在一起，我问她那个连载故事是否和她的行动有关。她告诉我，她陷入了绝对不能自拔的冲动之中，一步步地跟随着女主人公那古怪而命定的历程，她心中怀着真正的恐惧期盼着故事的最后几章。当那几章发表了之后，她似乎被迫在自己的生活中重现它们。她也确实这样做了。这是我所说的模仿本能的最明晰的例子，一个极其悲剧性的例子。

不过，我不想再逗留在个别人的事例上了。个人体验是一种最谬误、最狭隘的小圈子。我想指出的只是一个普遍原理，即生活模仿艺术远甚于艺术模仿生活。我确信如果你认真思考一下这个问题的话，你就会发现这是真的。生活真实地反映了艺术，它要么再现由画家或雕塑家想象出来的某种奇特的类型，要么就在现实中实现小说里梦想的事物。说得严谨些，生活的基础——亚里士多德把它称为"生活的活力"——仅仅是表达的欲望，而艺术总是在给出各种形式，通过这些形式就能够实现表达。生活捕捉并且利用它们，哪怕它们会伤害到她自身。年轻人选择自杀是因为罗拉[1]那样做过，亲手杀死自己是因为维特也死在自己手上。想想吧，我们从模仿基督中得到了什么，又从模仿恺撒中得到了什么。

1　罗拉（Rolla），法国诗人阿尔弗雷德·德·缪塞（Alfred de Musset，1810—1857）同名长诗中的主人公。

艺术与自然、民族和时代

西里尔：这理论的确是非常奇特的，但是要想使它圆满，你必须解释清楚，自然与生活一样也是对艺术的模仿。你做好准备去证明这个问题了吗？

维维安：亲爱的伙计，我做好了去证明任何问题的准备。

西里尔：自然追随风景画家，然后从他那里获得了自己的风景？

维维安：当然。如果不是从印象派那里，我们从哪儿得到那些奇妙的灰雾？它们沿着我们的街道蔓延过来，把煤气街灯渲染得朦朦胧胧，使一栋栋房屋变成了怪异的影子。如果不是从他们和他们的那位大师[1]那里，我们从谁那儿得到了那些笼罩着我们河流的可爱的银色薄雾？它们为曲折的桥梁和颤摇的驳船赋予了消失中的优美所具有的黯淡形式（图9）。最近十年伦敦气候所发生的不同寻常的变化，完全取决于某个特定的艺术流派。你笑了。但是从科学或形而上的角度来考虑这个问题，你会发现我是对的。请问什么是自然？自然不是生养我们的伟大母亲，她是我们的创造物。她在我们的脑海中加快步履活跃起来。事物存在是因为我们看见了它们。我们看到了什么，如何去看它，这些都是由对我们施加了影响的艺术所决定的。观看某种事物和看见某种事物是非常不同的。直到某人看到了一件事物的美好之处，他才有所看见。于是，只有在那时，那事物方始存在。现在人们看见了雾，并非因为有雾，而是因为诗人和画家们已经把那种景象的神秘魅力告诉了他们。在伦敦，雾也许已经存在了几个世纪了。我敢这么说，但是没有人看见它们，因此我们对它们一无所知。雾并不存

1　指法国印象派画家莫奈。

在，直到艺术创造了它们。现在，必须承认，雾已经过多了。它们现在只不过是一个流派的矫饰风格了，它们手法中的那种夸张的现实主义给沉闷的人们带来了支气管炎。在有文化的人捕捉到印象的地方，没文化的人却受了凉。因此，让我们仁慈些，请艺术把她那奇妙的目光转向他处。其实，她也已经那样做了。现在人们在法国所看到的白色的颤动的光线，连同它那紫红的奇异斑迹和永不安宁的紫罗兰阴影，都是艺术的最新想象。总的说来，自然再现这些事物的水平相当令人钦服。在她过去给予我们柯罗和杜比尼[1]们的地方，现在她给了我们优雅的莫奈和令人着迷的毕沙罗（图 10）。其实，自然也有绝对现代性的时候，的确稀罕，但仍然时不时地能被观察到。当然，她并不总值得信赖。事实上，她所处的位置很不幸。艺术创造了无与伦比的独特效果，在那之后，就把注意力转向其他事物了。从另一方面来说，自然忘了模仿也

1　查理-法兰斯瓦·杜比尼（Charles-Francois Daubigny, 1817—1878），法国画家，巴比松画派代表。

可以是最真诚的侮辱形式，她继续重复这种效果，直到我们全都彻底厌倦了它。譬如说吧，没有哪个受过真正文化熏陶的人还会在今天去谈论日落之美。日落的景色早就过时了，它们属于特纳（图 11）[1] 在艺术中独领风骚的那个时代。对它们的赞美属于气质上的乡土主义所具有的独特标识。从另一方面说，他们仍在继续。昨晚，阿伦德尔夫人坚持要我去窗口看看她所谓的壮丽天空。当然我不得不这样做了。她属于那种让人无法拒绝其要求的俗美人。那风景又怎样呢？只不过是二流的特纳风格而已，一个处于低谷期的特纳，夸张和过分强调了它所有的最糟糕的过错。当然，我非常愿意承认，生活总是犯同样的错误。她创造了虚假的勒内和伏脱冷[2]们，就像自然在某天给了我们一个可疑的克伊普[3]，而在另一天则是一个比"可疑"还难以置信的卢梭[4]。当自然干这种事的时候，它

1　特纳（Joseph Mallord William Turner，1775—1851），英国画家。
2　勒内和伏脱冷，夏多勃里昂和巴尔扎克笔下的人物。
3　荷兰绘画世家，最有名的克伊普是 Aelbert Cuyp（1620—1691）。
4　卢梭（Théodore Rousseau，1812—1867），法国巴比松画派领袖。

把人得罪得更厉害了。这种事看起来是多么愚蠢，多么显眼和不必要。一个假的伏脱冷或许还能讨人喜欢，一个可疑的克伊普就让人难以忍受了。然而，我不想对自然太苛刻。我希望英吉利海峡，尤其是黑斯廷斯的那段，不要老像亨利·摩尔[1]的画那样，暗处一片蓝灰，明处发黄。但话说回来，当艺术有更多变化时，自然无疑也会有更多的变化。我认为即便是最敌视她的对手，现在也不会否认她在模仿艺术。那是使她与文明人保持联系的一种方式。不过，我对自己理论的论证过程是否让你感到满意呢？

西里尔：你的论证引起的只是我的不满，不过这样更好。即便承认生活和自然的这种古怪的模仿本能，你肯定也会承认艺术表现了它所处的时代的特征和精神，还有它周遭的道德和社会环境，它是在这种影响下被创造出来的。

维维安：当然不是！除了自己以外艺术没有表现过任何东西，这就是我的新美学的主旨。正是这

1　亨利·摩尔（Henry Moore，1831—1895），英国风景画家。

一点，比佩特先生 [1] 所强调的形式和实质间的必不可少的联系更能奠定各种艺术种类的基础。当然，民族和个人，怀着健康自然的自负之心（这种自负是存在之奥秘），总会有这种印象，以为缪斯是在谈论他们，总设法在想象艺术那静穆的尊严中寻找自己那种不纯的激情的映象，总忘记了生活的歌者不是阿波罗而是玛息阿 [2]。在远离真实，目光从洞穴里的幽灵身上转开之后，艺术展现了她自身的完美，那些讶异的人群，他们观看着奇妙的复瓣玫瑰的绽放过程，想象自己所看到的正是自身的历史，是他们自身的精神在一种新形式中寻找着表达。但事情并非如此。最高的艺术拒绝人类精神的负担，她从一种新媒介或新鲜素材中所得到的东西，要多于她从所有的艺术狂热、崇高激情或任何一次人类意识的伟大觉醒中所获得的东西。她

1　佩特（Walter Pater，1839—1894），英国唯美主义运动的理论家和代表人物，著有《文艺复兴：艺术和诗歌研究》（The Renaissance: Studies in Art and Poetry），其是王尔德的心爱之书。

2　玛息阿（Marsyas），古希腊神话中的笛手，曾和阿波罗进行过音乐竞技，输给阿波罗后被阿波罗剥皮处死。

沿着自身的谱系纯正地延续，她不象征任何时代，而时代却是她的象征。

　　甚至那些支持艺术代表了时间、空间，以及人类的人也不得不承认，一种艺术越是具有模仿性，对我们而言它就越少地表现了时代的精神。罗马帝王们的邪恶嘴脸从污秽的斑岩和肮脏的碧玉里向外瞅着我们，[1] 那时的现实主义艺术家们很乐意运用这些石料，从那些冷酷的嘴唇和肉欲深重的颚骨上，我们想象自己能找到导致帝国毁灭的秘密。可事情并非如此。提比略[2] 的恶行不会摧毁那种至高的文明，正如安东尼们[3] 的贤德也不能拯救它。文明是由于其他原因，由于那些不太令人感兴趣的原因而毁灭的。西斯廷的男

1　与古希腊的理想和完美主义精神不同，古罗马时期的雕塑多属于现实主义风格，因此他们的人物塑像基本上是写实的，有人认为罗马帝国后期政治经济混乱，使得许多君主塑像的表情非常阴沉，甚至狰狞。

2　提比略（Tiberius），罗马帝国皇帝，公元 14—37 年在位，在历史上被形容成一个血腥的暴君。

3　安东尼们（Antonines），指 Antoninus Pius 和 Marcus Aurelius，公元 2 世纪时期的两位贤明的罗马帝国皇帝。

女先知们[1]也许真的为某些人诠释了那种获释精神的新生，我们把它称为文艺复兴；但是关于荷兰民族的伟大精神，荷兰艺术中那些醉酒的粗人和喧嚷的农民又对我们讲了些什么呢？[2]一种艺术越是抽象化和理想化，它就越向我们揭示了时代的特征。如果我们想通过一个民族的艺术来了解这个民族，就让我们去考察一下它的建筑或音乐吧。

西里尔：在这点上我完全赞同你。在抽象的理念艺术中，时代的精神可以得到最完善的表达，因为精神本身就是抽象化和理念化的。从另一方面来说，对于时代的有形方面，即俗话所谓的它的"外表"，我们当然必须诉诸模仿的艺术。

维维安：我不这样认为。归根结底，模仿艺术给我们带来的仅仅是那些独特艺术家们的各种风格，或

---

1 西斯廷的男女先知们，指罗马西斯廷教堂里米开朗琪罗所绘的天顶壁画中的人物（图12），该壁画为文艺复兴时期的代表作之一。
2 文艺复兴时期，相异于意大利的宗教主题，荷兰（又称尼德兰）绘画强调自然主义和民俗风格，绘画场面多为农民和市民的日常生活景象。参见尼德兰画家勃鲁盖尔的绘画作品《婚礼筵席》（图13）。

某些艺术家流派。想必你不会以为，中世纪的人民和那些出现在中世纪的彩绘玻璃、石雕木刻、金属制品、织锦或装饰华美的手抄本上的人物形象有任何相似之处吧。他们可能是相貌极为普通的人，外表上没有任何怪异、非凡或离奇之处。正如我们在艺术中所了解到的，中世纪仅仅是一种确定的风格，没有任何理由去解释为什么这种风格的艺术家就不该产生在 19 世纪。伟大的艺术家绝不会按事物的本来面貌去看待事物。如果那样做，他就不再是一位艺术家了。从我们自己的时代中找个例子吧。我知道你喜欢东瀛风物。喏，你真以为我们在艺术中所看到的扶桑人民在现实中也存在吗？如果那样想的话，你就根本没理解东瀛艺术。那些艺术中的形象只是某些个性化艺术家蓄意的自我意识的产物。如果你把一张北斋 [1]（图 14）或鱼屋北溪 [2] 或任何伟大的当地画家的绘画摆

1　葛饰北斋（Katsushika Hokusai, 1760—1849），日本著名浮世绘画家，曾绘有《富岳三十六景》。

2　鱼屋北溪（Toyota Hokkei, 1780—1850），日本浮世绘画家。

放在一位真正的东瀛绅士或女士旁边，就会发现他们之间没有丝毫的相似之处。东瀛现实生活中的百姓和英国的普通人民没什么区别，也就是说，他们是极为平凡的，没什么古怪或特别的地方。其实整个蓬莱列岛就是一种纯粹的传说。既没有那样的国度，也没有那样的人民。我们民族最具魅力的画家中的一个最近去了一趟菊花之乡[1]，痴愚地想看看那里的人民。他所看到的和他能描绘的一切，只是几盏灯笼和一些扇子。他根本没法找到居民，他在道德斯威尔画廊举办的那令人愉快的画展已经说明了一切。他不知道东瀛人民像我所说的那样只是一种风格，一种优美的艺术幻想。因此，如果你想看到一种东瀛风景，就不应该像个旅游者那样跑到东京去。相反，你应该待在家中，沉浸在某些东瀛艺术家的作品里。然后，当你已经汲取了他们那种风格的精髓，捕捉到了他们对景象的虚构手法，就可以在某个下午去公园里坐坐，或沿着皮卡迪利大街随意逛逛，如果在那些地方还不能够

---

1 菊花之乡指日本。

看到一种全然的东瀛风景，你就在哪儿也看不到了。要么，让我们再次回到过去，以古希腊人为另一个例子。你知道希腊艺术曾经告诉过我们希腊人看上去像什么吗？你相信雅典妇女和帕提侬神庙中楣上的那些庄重高贵的形象一样吗？或和同一建筑的三角形楣饰上端坐的那些非凡的女神们一样吗？如果你从艺术角度做判断，她们当然就是那样的了。可是读一下权威的作品，譬如阿里斯托芬[1]的。你将发现雅典女士们紧束腰带，穿着高跟鞋，把头发染成黄色，给自己的脸上涂脂抹粉，简直和我们时代的任何傻乎乎的时髦或堕落人物一模一样。事实是，我们完全通过艺术去回顾过往的时代，而非常幸运的是，艺术从不曾把真相告诉我们。

西里尔：但是英国画家所绘的现代肖像又怎样呢？想必它们和它们声称要表现的那些人是相像的喽？

1　阿里斯托芬（Aristophanēs），古希腊喜剧作家，作品多用讽刺手法。

维维安：非常对。它们和那些人是如此相像，以至于一百年后就没有人会相信它们的真实性了。人们所相信的只会是那种以被画像的人为辅、以艺术家为主的肖像。霍尔拜因时代的男女们在他的绘画中以那种绝对的逼真性给我们留下了深刻印象。但这仅仅是由于霍尔拜因迫使生活接受了他的条件，服从他的限制，重现他的类型，并根据他的要求显现。是风格使我们相信一种事物——除了风格之外别无他物。我们时代的大多数肖像画家注定将会被彻底遗忘。他们从不描绘他们所看见的。他们描绘的是大众所看见的，而大众一向是看不见任何东西的。

新美学的四个信条

西里尔：唔，接下去我想听听你文章的结尾了。

维维安：非常乐意。不过它是否有益我就不敢说了。我们的世纪肯定是有可能存在的世纪中最乏味、最平庸的一个了。唉，甚至睡眠也戏弄我们，它关闭了牙门，敞开了角门[1]。这个国家的那些了不起的中产阶级所做的梦，已被记录进了迈尔斯[2]先生的两大厚

---

1 牙门（the gates of ivory）和角门（the gates of horn），西方迷信说法，自牙门入的是不应验之梦，自角门入的是应验之梦。
2 迈尔斯（Frederic William Myers，1843—1901），英国小品文作家、诗人。他关心心灵现象，曾协助成立"心灵研究社"并撰写有关文章。

卷相关书籍和心灵研究社的学报中，它们是我所读过的最令人沮丧的东西，里面连个出色的噩梦都没有。它们是平庸的、卑劣的、单调的。至于教会，它拥有一伙人，以信仰超自然现象，表演日常奇迹，养活对想象力至关重要的神话创作才能为己任，我不认为还有什么东西比这些对一国的文化更有益了。可是在英国教会里，一个人的成功不取决于他信仰的能力，而取决于他不信的能力。我们的教会是仅有的由怀疑论者把持圣坛的教会，在那儿，圣托马斯[1]被视为理想的使徒。许多可敬的教士们在令人钦佩的仁慈善举中度过一生，无声无息地活着，然后死去。但是它也足以让那些浅薄无知，从随便哪所大学里出来的刚过及格线的人登上讲道坛去发表他对诺亚方舟、巴兰的驴子、约拿与鲸鱼[2]的怀疑，足以让伦敦半个城的人蜂拥来听他讲道，张大嘴巴坐在那里，对他那超凡的才

---

1 圣托马斯（St. Thomas）又译圣多马，耶稣十二使徒之一，曾对耶稣的复活持怀疑态度，直到把手指戳进了耶稣身上的伤口中，他才相信复活是真有其事。见《约翰福音》第二十章。
2 诺亚方舟、巴兰的驴子、约拿与鲸鱼，都是《圣经》里的奇迹。

智充满痴迷的钦羡。在英国教会中，常识的增长是一件非常令人遗憾的事，它实在是对低等形式的现实主义所做的一种可耻的让步。它也是愚蠢的，缘于对心理学的彻底无知。人可以相信不可能的事，但绝对不会相信有可能但可能性不大的事。不过，我该向你朗读文章的结尾了——

"我们必须做的，不管怎样我们都有责任去做的，就是去复兴撒谎这门古老的艺术。当然，有许多工作已经被做过了，譬如就教育公众而言，还有本地社交圈里的外行们的所作所为，以及文艺午餐和下午茶上发生的那些事。但是这些仅仅是撒谎轻盈和优雅的一面，就像那些在克利特岛人的晚餐宴席上可能会听到的事。[1] 撒谎还有其他许多种形式。为了某些个人的直接利益而撒谎，譬如——通常所谓的'怀着道德上的意图撒谎'——尽管近来颇被人瞧不上眼，但在

---

1 克利特岛人，指希腊克利特岛上的居民。哲学家艾皮米尼地斯（Epimenides）在公元前 6 世纪曾提出过一个命题，即"所有的克里特岛人都说谎"，而他本人也是克利特岛人，因此该命题为悖论。

古代社会里它可是极为流行的。当奥德修斯向雅典娜倾诉那些威廉·莫里斯先生所谓的‘工于心计的语言’时，雅典娜笑了，撒谎癖的荣耀炫亮了欧里庇得斯悲剧中那些白璧无瑕的英雄们的苍白前额，把贺拉斯[1]最优美的颂歌里的年轻新娘列入过去时代的贵族妇女之中。稍后，起初只不过是本能的东西上升成为一门自觉的科学。精细的规则被制定出来指导人类，一个重要的文学流派围绕着这个主题成长了起来。其实，一想起桑切斯[2]关于整个问题所做的卓越的哲学论述，我就不免感到遗憾，为什么没有人想过要为那个伟大的诡辩家的作品出版一部廉价缩写本呢？一本简略的入门书，《何时以及该怎样撒谎》，如果以一种吸引人但不怎么昂贵的式样出版，无疑将会赢得很大的销量，并将被证明是对许多真挚并有思想深度的人的真正实用的贡献。为了提升年轻人（这是家庭教育

---

1 贺拉斯（Horace，公元前65—公元8），古罗马诗人。

2 桑切斯（Francisco Sanchez，1551—1623），葡萄牙人，医生和哲学家，著有怀疑论作品《为什么对知识的学习是不可能的》(Quod Nihil Scitur)。

的基本出发点）而撒的谎在我们之中仍然不少见，它的那些优点在柏拉图的《理想国》的前几卷里就已经说得很清楚了，因此没有必要在这里重述。所有的好母亲在撒这种谎方面都具有特别的能力，但它仍然有进一步发展的潜力，可惜被学校部门忽视了。为了月薪在舰队街[1]撒谎当然是司空见惯的，一个政论主笔的职业也不乏这种优点。但是据说这是一种比较乏味的工作，除了某种卖弄性的含糊其词之外，它肯定不会有更多的意义可言。仅有的绝对不会受到责备的撒谎形式是为了撒谎而撒谎，就像我们已经指出的那样，这种形式的最高发展阶段是在艺术中的撒谎。就像那些热爱真理更甚于热爱柏拉图的人不会在学园里待上太久，那些热爱真理更甚于热爱美的人也不会窥见艺术最隐秘的神殿。那些稳重的、感觉迟钝的英国知识阶层躺在荒漠里的沙子上，就像是福楼拜的精彩

1　舰队街（Fleet Street）是英国新闻界的代称。自 18、19 世纪开始，英国各大报社和小报馆纷纷在伦敦舰队街设馆，高峰时期这条街上聚集了一百多家全国和地区性报纸。

叙述中的斯芬克斯，幻想，La Chimère[1]，围着它跳舞，用她那虚假的、笛子般的嗓音呼唤它。它也许今天还听不到，但是肯定有那么一天，当我们都被现代小说中的平庸角色烦得要死的时候，它就会倾听她，并试图向她借取双翼。

"当那一天开始破晓，或落日泛红，我们该是多么兴奋！事实将被认定为是丢脸的，真相将会被发现正戴着脚镣哀泣，浪漫主义和它那非凡的气质将会重临这片土地。世界的真实外表将会在我们惊诧的目光下改观。巨兽和怪物将会从海面上升起，围绕着高尾划船四处浮游。在地理书籍尚且值得一读的时代里，它们就是以这般模样出现在令人愉快的地图上的。龙会在荒地附近漫游，凤会从它的火焰之巢中高翔向天空。我们将制伏蛇怪，看见蟾蜍头顶的宝石。半鹰半马的怪兽将出现在我们的畜栏中，使劲地咀嚼着金灿灿的燕麦，蓝鸟从我们的头顶飘过，歌唱着美好而不可能的事物，那些可爱但从不会发生的事情，那些不

1　La Chimère（法文），狂想、幻想。

存在但应该存在的事物。但是在这些来临之前，我们必须培育业已失传的撒谎的艺术。"

西里尔：那么，我们应该立即就开始对它加以全面的培育。但是为了避免犯错，我想听您简短地介绍一下新美学的信条。

维维安：简单说来，就是以下这些。艺术除了自己以外从不表达任何东西。它过着一种独立的生活，正如思想那样，纯正地沿着自己的谱系延续。它在一个现实主义的时代里并无必要现实主义化，在一个宗教信仰的时代里也没必要精神至上化。它非但不该成为它的时代的产物，而且通常与时代直接对峙，它为我们所保存的唯一历史是它自己的进化史。有时它会回到原来的轨道上，复兴某种古代形式，就像晚期希腊艺术的复古运动和我们时代的拉斐尔前派运动 ¹ 中所发生的那样。在别的时候，它完全领先于它的时

---

1 拉斐尔前派运动始于 1848 年，主要成员是一些青年画家，他们反对英国皇家艺术学院的陈腐传统，追求文艺复兴前期的真挚、朴实风格。拉斐尔前派和装饰性艺术运动是相互重叠的，并且一脉相传至 19 世纪后期以王尔德为领袖的唯美主义。

代，这个世纪里创造的作品需要另一个世纪才能加以理解、欣赏和享受。它在任何情况下都不会去再现它所属的时代。从时代的艺术转向时代本身是所有历史学家都会犯的大错。

第二信条是，所有坏的艺术都是由于重返了生活和自然，并把它们抬升到理想的结果。生活和自然有时可以被当作艺术的部分原材料来加以运用，但是在它们真正服务于艺术之前，必须被转化成艺术规范。一旦艺术放弃了它的虚构方法，就放弃了一切。作为一种手法，现实主义是全盘的失败，每个艺术家都必须避免的两件事，就是形式的现代性和主题的现代性。对我们这些生活在19世纪的人来说，除了我们自己的世纪以外，任何世纪都适合成为艺术的主题。唯一美丽的事物是和我们无关的事物。很高兴引用我自己的话来说，就是，正因为赫卡柏与我们毫无利害关系，所以她的悲哀才是一个绝妙的悲剧主题。另外，只有近代的东西才会陈旧过时。左拉先生坐下来给我们画了一幅第二帝国的图像¹。现在谁会去在乎第二帝国呢？它已经过时了。生活比现实主义跑得还快，可是浪漫主义永远领先于生活。

第三信条是，生活模仿艺术远甚于艺术模仿生活。这不仅仅是由于生活的模仿本能，而是因为以下这个事实：生活的自觉目标是寻求表达，而艺术则给它提供了某些美妙的形式，通过这些形式，生活便可以展现自己的潜能。这是一种从未被提出过的理论，但是它很有成效，并在艺术史上投下了一束新光。由此可以推出的必然结论是，外在的自然也在模仿艺术，她能向我们展示的唯一印象就是那些我们已从诗歌或绘画中得到的印象。这是自然的魅力之谜，也解释了自然的弱点。

最后要揭示的是，撒谎，对不真实的美妙事物的讲述，是艺术的正当目的。不过，就这一点我想我已经讲得足够多了。现在让我们到看台上去，在那儿

1　指左拉的《卢贡·马卡尔家族》，该作品反映了法国第二帝国时代社会各方面的情况。

"白孔雀低敛着羽毛仿佛一个鬼魂"，而晚星正"用银色冲洗黄昏"，在曙光中，自然变成了一种充满暗示的景观，尽管也许它的主要用处是阐明诗人们的诗句，但也不乏可爱之处。来吧！我们已经交谈得足够久了。

II 闪光的文学与暗淡的生活 [1]

1　本文原标题为《作为艺术家的评论家》(The Critic as Artist)，此章节内小标题均系编者后加。——编者注

读回忆录的乐趣

人物：吉尔伯特和欧内斯特。

场景：位于皮卡迪利大街上的一栋住宅的藏书室，可以俯瞰格林公园。

吉尔伯特（在钢琴边）：亲爱的欧内斯特，你在笑什么？

欧内斯特（抬起头来）：在笑一篇绝妙的故事，我刚才碰巧从你书桌上的这部回忆录中看到了它。

吉尔伯特：什么书？啊！原来是这部。我还没来得及读它，写得怎么样？

欧内斯特：嗯，你弹琴时，我把它当作消遣翻了一遍，尽管通常情况下，我并不喜欢近代的回忆录。

一般来说，写那些东西的人要么是完全丧失了记忆，要么是根本就没干过任何值得一记的事。不过毫无疑问，这正好可以解释它们为什么会这么流行，因为英国公众总是非常乐于倾听一位庸才的言论。

吉尔伯特：是啊，公众简直是出奇地宽容。他们能原谅除了天才以外的任何人。不过说老实话，我喜欢所有的回忆录。我既喜欢它们的形式，也喜欢它们的内容。在文学中，纯粹的自我中心主义是令人愉快的。正是这一点，我们着迷于西塞罗和巴尔扎克、福楼拜、柏辽兹、拜伦和塞维涅夫人这些迥然不同的人物的书信。真够奇怪的，这情况相当少见，无论何时一旦我们碰到它们，就会控制不住地喜欢上它们，而且没法轻易将它们忘怀。人类永远热爱卢梭，因为他不向僧侣而向世人坦白了自己的罪愆。切利尼为法兰西一世的城堡所铸造的铜制水泽仙女卧像，甚至包括他那金光四溢的铜绿色柏修斯[1]塑像，在佛罗伦萨的露

1　柏修斯（Perseus），古希腊神话人物，他杀死了会把人变成石头的美杜莎，砍下了她的头。

天广场上，向月亮展示那一度把生命化成石头的死人头。就其给人类带来的喜悦而言，它们还比不上这位文艺复兴时期的超级无赖在自传中所透露的个人的辉煌和耻辱。个人观点、性格、成就都无关紧要。他可能是像温和的蒙田先生那样的怀疑论者，也可能是像莫尼卡的虔诚儿子那样的圣徒，不过只要他一讲起自己的隐私，总会令我们闭上嘴巴，竖起耳朵。红衣主教纽曼所代表的思考模式——如果能把它看成是一种思考模式的话，这种模式通过否定知识的权威性来解决思想问题——在我看来，不会，也不可能继续流传下去。不过，对于这个在黑暗中跋涉的困窘灵魂，世人是看不厌的。坐落在利特摩尔的孤独教堂总是让世人留恋，在那里"黎明的气息是湿润的，朝圣者寥寥无几"。无论何时，当人们看到黄色的金鱼草在三一学院的墙头盛开，他们就会想起那个温和的大学生[1]，从花

1　温和的大学生，指红衣主教纽曼（John Henry Newman）和他在利特摩尔修建的 The Church of St Mary the Virgin & St Nicholas。纽曼毕业于牛津三一学院。

朵的轮回盛开中，他悟到了一个预言：他将永远留在他那个时代的慈母身边。这个预言提醒着，无论是智慧还是愚蠢，都不能给一个人带来信仰。是的，自传是不可抵御的。可怜、愚蠢、狂妄自大的佩皮斯[1]秘书先生靠喋喋不休闯进了不朽的行列，他觉得轻率是勇敢的较好部分，在那些不朽者之间，他身穿"镶着金纽扣和圈状饰带的蓬松紫袍"忙忙碌碌，关于这些服饰，不拘小节的他很热衷于向我们加以描述，为了能让他自己和我们好好乐一下，他非常自在地，絮叨着他给妻子买的印度蓝色衬裙，还有他爱吃的"美味的猪下水"和"可口的法国炖小牛肉丁"，还有他和威尔·乔伊斯一起玩滚木球，以及他的泡妞史，还有他在某个星期天朗诵了《哈姆雷特》，在工作日里演奏了提琴，诸如此类的各种邪恶或琐碎的事情。即使在现实生活中，自我中心主义也并非没有吸引力。人

1　佩皮斯（Samuel Pepys, 1633—1703），英国官僚，曾担任海军司令爱德华·蒙太古（Edward Mountagu, 1625—1672）的秘书，他的日记记录了英国复辟时期的许多事件，在历史上很出名。

们在向我们谈论起他人时往往索然无味。可是一旦他们说到自己，就几乎总是会变得趣味盎然。当他们开始让人厌烦时，如果能把他们像合上一本看厌了的书那样轻易地合上，那就十全十美了。

欧内斯特：你说的那个"如果"，好处可真不少，简直像塔奇斯通的口吻。但是你当真提议每个人都应该成为自己的博斯韦尔[1]？如果那样的话，我们那些勤勉的生平及回忆录编撰者又会怎样呢？

吉尔伯特：他们已经成什么样了？他们是时代的蟊贼，这样说不偏也不倚。如今，每个伟人都少不了门徒，而编写他传记的人总是犹大。

欧内斯特：好家伙！

吉尔伯特：恐怕这是真的。过去我们的习惯是把英雄神圣化。现在的做法是把他们平庸化。经典作品的廉价版可能是讨人喜欢的，但伟人的廉价版绝对是让人倒胃口的。

1　博斯韦尔（Boswell），《约翰逊生平》的作者，见第一章中的注释，比喻为密友或名人写传记的人。

欧内斯特：我是否可以问一句，吉尔伯特，你在影射谁？

吉尔伯特：噢！影射我们所有的二流文人。我们现在被一伙人蹂躏着，这伙人，当诗人或画家去世后，会和丧事承办人一起赶到现场，却记不住他们的义务之一就是像哑巴那样保持沉默。还是别谈他们了，他们只是文学上的盗尸贼。尘归尘，灰烬归灰烬，灵魂是他们所不能及的。现在，让我为你弹支肖邦吧？或者，德沃夏克？为你弹支德沃夏克的幻想曲怎样？他的作品充满激情，色彩奇妙。

欧内斯特：不，眼下我不想听音乐。它太飘忽不定了。另外，昨晚我陪伯恩斯坦男爵夫人 [1] 去赴宴，尽管在其他方面她是魅力无穷的，可她非要坚持讨论音乐不可，就好像音乐是用德文写的一样。唉，我想说，无论音乐听起来像什么，它都不会像德文，哪怕是在最小的程度上。有些爱国主义的表现形式实在太

---

1 伯恩斯坦（Bernstein）是德国人名，因此伯恩斯坦男爵夫人很可能是德国人。

丢人了。别，吉尔伯特，别再给我弹曲子了。转过身来跟我谈谈吧。让我们一直谈到曙光照进我们的屋子。你的嗓音中的某些成分才真妙呢。

论艺术批评的价值

　　吉尔伯特（从钢琴边站起身）：今晚我没有聊天的情绪。我的确没情绪。你笑起来可真诡异！香烟呢？谢谢。这些单瓣水仙花多优美啊！它们看上去就像是用琥珀和冷色调的象牙制成的，就像是希腊全盛时期的事物。那个悔恨的院士[1]的招供中有哪一段让你发笑了？告诉我。在演奏了肖邦之后，我感到自己仿佛在为没有犯下的罪行而哭泣，为与自己无关的悲

1　这个所谓的"悔恨的院士"是指前面所说的那本回忆录文集中的人物，可能是英国皇家艺术学院的某个院士，文章开头欧内斯特看到了有关这个人的回忆时，发出了笑声。

剧而哀恸。音乐总会对我产生这种影响。它为一个人创造了连那人自己都不知晓的往事，使那人充满了一种过去不曾为之落泪的哀伤。我能想象某人过着极平凡的生活，偶然间听到一个奇怪的音乐片段，不知不觉突然就发现自己的灵魂正在体验某种恐怖，意识到那种可怕的喜悦，或那种狂野的浪漫爱情，或巨大的弃绝。因此，告诉我那段故事吧，欧内斯特，我很想乐一下。

欧内斯特：噢！我不知道它有什么价值。但我认为用来说明普通的艺术批评的真正价值，它确实是一个好例证。好像有一位女士曾经郑重地询问过那位悔恨的院士（你是这样称呼他的），他的那些名画如《在怀特利家度过的春日》《等候末班公共马车》或其他此类的绘画，是否都是手工绘制的。

吉尔伯特：是不是呢？

欧内斯特：你真是不可救药。但是，说真的，艺术批评有什么用呢？为什么艺术家不能独自去创作，如果他乐意的话，就去创造一个新世界，或相反，去影射我们这个已知的世界。如果艺术不以其敏锐的选择精神和直觉来为我们净化这个世界，并赋予它瞬息的完美，那我想我们每一个人都会对这个世界感到厌倦。在我看来，想象力在周围传播，或者应该传播一种孤独，它只有在沉默和孤立中才会有最好的工作成效。艺术家为什么要忍受艺术评论的尖刻喧扰呢？为什么那些没有创造力的人却胆敢评估创造性作品的价值？他们怎么可能对那种价值有所了解呢？如果艺术家的作品是简单易懂的，那又何须解说……

吉尔伯特：而且如果他的作品是晦涩难懂的，那解说的祸害就更大了。

欧内斯特：我可没这么说。

吉尔伯特：啊！但是你应该这样说。而今，留给我们的神秘事物已经太少了，我们可不能轻易再放弃一个。在我看来，布朗宁协会的会员就像广派教会[1]中的神学家，或沃尔特·斯科特先生的"伟大作家丛书"中的那些作者，不惜花费时间来驱散他们身上的

---

1 广派教会（the Broad Church Party），英国国教中趋向理性主义的一个宗教派别。

神圣感。人们本指望布朗宁是个神秘主义者，他们却非要告诉我们那只不过是因为他口齿不清。有人曾幻想他有东西需要隐藏，他们却证实了他几乎没有东西值得曝光。但我说的仅是他那些零碎的作品，整体看来，这个人还是了不起的。他不属于奥林匹斯诸神的行列，他有着泰坦人的所有缺陷。他不俯视众生，罕有引吭高歌的时候。他的作品被抗争、暴戾和努力所毁损，他不是从情感迈入形式，而是从思想跨向混乱，不过他仍然是了不起的。他被称为一个思考者，而且确实是一个总在思考、总是自言自语的人。但是令他着迷的不是思想，而是思想行进的轨迹；他喜爱的是机器，不是机器制造出来的产品。蠢人干蠢事的手法就像智者的终极智慧那样对他具有同样的吸引力。事实上，他是那么迷恋头脑的微妙构造，这使得他蔑视语言，或只把它看成是一种不完善的表达手段。韵律，这回荡在缪斯空山中的优雅回音，创造并应和着自己的声音；韵律，在真正的艺术家手里，不仅仅是格律美中的物质元素，也是思想和激情中的精神元素，它也许会唤起一种崭新的情绪，或激起一连串新颖的念头，或仅仅通过声音的甜蜜和暗示就推开某扇黄金之门，那门曾被想象力徒劳地叩敲过；韵律，它可以把人的表达转化成上帝的语言；韵律，这根我们为希腊里拉[1]所添加的琴弦，在罗伯特·布朗宁的笔下变成了一种怪诞、畸形的事物，时不时让它在诗歌中扮演低级喜剧演员的角色，它假模假式地骑着珀加索斯[2]的次数太多了。有那么一些时候，他用怪异的音乐伤害了我们。不仅如此，如果只有弄断他的诗琴琴弦才能够获得音乐，他就会弄断它们，于是那些琴弦就在嘈杂声中被扯断，他也没有用震颤的羽翼去制造旋律的雅典鸣蝉，让它们停落在象牙的号角上，使乐章更完美，或是停顿更和缓。然而，他仍旧是了不起的。尽管他把语言变成了卑贱的泥土，用那泥土创造了有生命的男人和女人。他是自莎士比亚时代以来的最莎士比亚的人物。如果莎士比亚能用一万

1　里拉，古希腊的一种弦乐器。

2　珀加索斯（Pegasus），古希腊神话中的飞马，从被割头的美杜莎的血液中跳出；其蹄踏出的 Hippocrene 泉，传说能让诗人产生灵感。

片嘴唇歌唱，布朗宁就会用一千张嘴磕磕巴巴地说话。甚至是现在，当我在谈论他，当我不是在贬低而是在赞扬他的时候，他笔下人物所构成的游行盛典还在我的房间里悄然穿梭。瞧，脸上仍旧烙着某个姑娘的热吻的利比[1]蹑手蹑脚地溜走了。看，可怕的扫罗站在那里，包头巾上那颗气派十足的男式蓝宝石仍在熠熠闪光。米尔德里德·特利斯汉姆在那儿，还有西班牙僧侣，他脸色发黄，怀恨在心，还有布罗格莱姆、本·埃兹拉，以及圣·浦拉斯特的主教。塞特鲍斯的后代在角落中喋喋不休。谢巴德听到皮帕走过，他注视着奥蒂玛憔悴的面孔，憎恶起他们俩的罪行，也憎恶他自己，脸色苍白得就像他紧身衣上的白缎子，忧郁的国王用那梦幻般变幻莫测的目光望着忠诚过头的斯特拉福德走向死亡，听到堂表亲们在花园里吹起的口哨，安德里拉开始战栗，让他理智的妻子

---

1 利比（Fra Lippo Lippi），文艺复兴时期画家，曾出现在布朗宁的诗中。王尔德这段文字中涉及的人物都是布朗宁诗歌和戏剧中的形象或角色。

下去看看。的确，布朗宁是伟大的。他将会以什么形象被人们记住呢？诗人？不，不会是诗人！他将作为虚构作品的写作者为人们所铭记，也许是我们曾经有过的最高超的虚构写作者。他在戏剧情景方面的感觉是无与伦比的，而且，如果他无法回答自己的问题，他至少能够提问，这对一个艺术家来说还不够吗？从角色塑造者的角度来看，他认为自己仅次于那个创造了哈姆雷特的人。如果他的表达清晰有力的话，他本可以与那人平起平坐。仅有的能碰到他衣服边的人是乔治·梅瑞狄斯。梅瑞狄斯是散文中的布朗宁，而布朗宁也是散文的。他在写散文时把诗歌作为媒介来利用。

欧内斯特：你说得有些道理，但是并不完全有理。你的许多观点是不公正的。

吉尔伯特：一个人对自己喜欢的东西很难做到公正。但是，还是让我们回到刚才所讨论的具体问题中去吧。你刚才说了些什么？

欧内斯特：很简单，在艺术的巅峰时期不存在艺术批评家。

吉尔伯特：我以前似乎听到过这种说法，欧内斯特。它充满错误，像一个老朋友的论调那样沉闷不堪。

欧内斯特：但它是对的。而且，你气急败坏也没有用，它非常正确。在艺术的巅峰时期不存在艺术批评家。雕刻家从大理石块中砍凿出沉睡其间的肢体洁白的赫耳墨斯。蜡像工和镏金工给雕像赋予了色调和神韵，面对这种艺术品，世人都是哑然无声地膜拜。他把炽热的青铜灌注进沙质模具，红色的金属小河冷却成高贵的曲线，获得了神的形体的印记。他用釉质和经过抛光的珠宝给没有视线的眼睛带来视力。那风信子般的鬈发在他的雕刻刀下渐渐弯曲起波纹。在某个昏暗的覆满壁画的神殿里，或披洒着阳光的柱廊间，当勒托的孩子[1]站在他的基座上时，那些路过的人，在透光的空气中悠然地踱步，意识到一种新的影响已经来到他们的生活中，他们梦游似的或带着一种

1　勒托的孩子（the child of Leto）通常指阿波罗（太阳神），阿波罗和阿尔忒弥斯（月亮和狩猎女神）是宙斯与勒托的子女。

陌生和复苏的喜悦回到家中，或开始日常工作，或四处漫游，也许就那样穿越过城门，到充满山林水泽仙女的草地中去。在那儿，年轻的费德鲁斯[1]曾洗濯过他的双足，然后躺在柔软的草地上，在高大的风声萧瑟的悬铃木和盛开的牡荆花下，开始思索美的奇迹，并逐渐沉默下来，怀着不寻常的敬畏。在那些日子里，艺术家是自由的。他用双手从河谷中捧来精细的黏土，用木制或骨制的小工具将它塑成如此优美的形式，以致人们将它们奉献给死者作为玩物，我们在塔纳格拉[2]黄色山坡的尘封墓寝里仍能找到它们，头发、嘴唇和衣饰上仍然残留着暗淡的黄金和褪色的深红。在一面刚抹好灰泥的墙上，蘸上明亮的铅红，或乳白和橘黄的混合，他画起一个人，那人在点缀着白色小星的紫色日光兰田野里举着疲惫的双足行走，一个"眼睑下隐藏着整个特洛伊战争"的人，她就是波吕

1　费德鲁斯（Phaedrus），活跃于公元 1 世纪的罗马寓言家，著有《寓言集》五卷。
2　塔纳格拉（Tanagra），希腊 Asopos 河畔的古代小镇，因当地古墓中保存了大量陶俑而闻名于世。

克塞娜[1]，普里阿摩斯[2]的女儿。或者他画的是图像化的奥德修斯，那个聪明狡诈的人，被牢牢的绳索捆绑在桅座上，可以倾听塞壬的歌唱而不受到伤害，要么就是他在清澈的冥河畔漫游，鱼群的幽魂们在卵石遍布的河床上游弋；或者他展现的是身穿紧身裤，头戴发冠的波斯人在马拉松战役中飞奔于希腊人之前，或在窄小的萨米里亚海湾里，战舰们互相磕碰着它们的黄铜船喙。他用银笔尖和木炭条在羊皮纸和抛光的柏木上作画。他用蜡在象牙和玫瑰色的赤陶上绘色，用橄榄汁使蜡融化，再用加热的铁将它固定。他的笔刷飞舞之处，画板、大理石和亚麻布都熠熠生辉，生活看见她自己的形象，静默无声，不敢置一词。所有的生活方式其实都属于他，从坐在集市上的买卖人到躺在山间身披大氅的牧羊人；从藏在月桂丛中的山林仙女到中午时分吹起笛子的农牧神，到坐在绿色垂帘长

---

1 在《荷马史诗》中，波吕克塞娜（Polyxena）在特洛伊沦陷后被带到阿喀琉斯墓前，献祭给阿喀琉斯。
2 普里阿摩斯是特洛伊末代国王。

轿中的国王，奴隶们将他抬在自己油亮的肩膀上，用孔雀羽毛扇为他扇风。男人和女人，脸上流露着欢悦或哀愁，在他面前经过。他观察他们，他们的秘密就归了他所有。用形式和颜色，他重建了一个世界。

所有精妙的艺术也都属于他。他将宝石镶嵌在旋转的碟子上，紫水晶变成了阿多尼斯[1]的紫色睡床，阿尔忒弥斯领着她的猎犬飞奔在纹理栩栩的红条纹玛瑙上。他将金子锤炼成玫瑰，将它们穿在一起做项链或者手镯。还把金子锤炼成为胜利者的头盔所准备的叶环，或锤炼成提尔人长袍上的金丝线[2]，或锤炼成皇家死者脸上的面具。在一面银镜子的背面，他雕刻了西蒂斯被涅瑞伊得斯姐妹们[3]托起的场面，或得了

1　阿多尼斯（Adonis），古希腊神话中的美少年，后来在狩猎中被野猪撞伤致死。
2　Palmates，意不详，根据王尔德自己在《道林·格雷的画像》第十一章中的提示，疑为金丝线的一种。
3　在古希腊神话中，涅瑞伊得斯姐妹（Nereids）是海中的仙女，共有五十人，西蒂斯（阿喀琉斯的母亲）是其中一个。

相思病的菲德拉[1]和她的看护在一起，或厌倦了回忆的珀耳塞福涅[2]，把罂粟花插在头发上。陶工坐在他的工棚里，安静的轮轴上，花朵般的瓶器在他的手中升起。他用优美的橄榄枝叶或莨苕叶形或弯曲有波纹的浪花样式来装饰基座、瓶颈和瓶耳。他用黑色或红色描绘摔跤或赛跑中的青年们，还有全副武装的骑士，他们举着饰有奇特纹章的盾牌，头戴古怪的面盔，正从贝壳形的战车里斜出身子来驾驭后腿直立的战马；神祇们坐在盛宴中，有的正在施展他们的奇技，还有获胜或悲痛中的英雄们。有时他在白底上用细细的朱砂线刻画出倦怠的新郎和他的新娘，四周盘旋着爱神——一个像多那太罗[3]刻刀下的天使般的爱神，一个笑盈盈的小家伙，长着镀金或蔚蓝色的双翼，他在弯曲的一翼写上他朋友的名字。高贵的阿基

1　在欧里庇得斯的戏剧《希波吕托斯》（*Hippolytus*）中，菲德拉（Phaedra）爱上自己的继子希波吕托斯。

2　珀耳塞福涅（Persephonē），被冥王劫持成为冥后。

3　多那太罗（Donatello，1386—1466），意大利文艺复兴时期早期著名的雕塑家。

比亚德斯或高贵的卡尔米德斯在向我们讲述他所处时代的故事。[1] 此外，在宽扁的杯沿上他绘上了吃草的牡鹿，或休憩中的狮子，就像他的想象力所指引的那样。在小小的香水瓶上，阿芙罗狄忒面对梳妆台绽开笑容，在裸露双臂的酒神侍女们的伴随下，狄俄尼索斯围绕着酒坛，赤着脏足跳舞；同时，老西勒诺斯变得像萨蹄尔那样，四肢伸展，懒洋洋地躺在臃肿的兽皮上，或头戴深色的常春藤环，摇晃着那支有魔力的长矛，矛尖上还插着个蛀蚀了的冷杉果球。没有人来骚扰工作中的艺术家。没有不负责任的闲言碎语去打搅他，他不必担心被其他意见所干涉。阿诺德曾在某种场合说过，在伊里萨斯河畔[2]，没有希金博瑟姆。在伊里萨斯河畔，亲爱的吉尔伯特，那里没有愚蠢的艺术大会，这种大会把外省主义带给了外省，并教导庸才该怎样夸夸其谈。伊里萨斯河畔没有乏味的艺术杂

1　阿基比亚德斯（Alcibiades），苏格拉底的学生，貌美且富有；卡尔米德斯（Charmides），柏拉图的舅舅，希腊三十僭主之一。
2　伊里萨斯河（Ilyssus），古希腊河流，为文人出没之场所。

志——那些闲不住的家伙只会在上面唠叨着他们并不理解的事物。在那条芦苇丛生的小河两岸，看不到可笑的新闻业在高视阔步，它本该在被告席上低头认罪，却垄断了审判席。希腊时期不存在艺术评论家。

吉尔伯特：欧内斯特，你很讨人喜欢，但你的观点非常不合理。恐怕你一直在听那些比你年长的人的交谈，那向来是一件危险的事，如果你养成这种习惯，就会发现它对于任何智性上的发展都是毁灭性的。至于近代的新闻业，我无意为它辩护。伟大的达尔文法则"俗者生存"[1] 已经论证了它存在的合理性。我只想谈文学范畴内的事。

欧内斯特：可文学和报章杂志之间有什么区别？

吉尔伯特：噢！报章杂志让人不堪卒读，而文学没人读。这就是区别。不过至于你所说的希腊时期不存在艺术评论家，我敢肯定地告诉你，你的说法是荒谬可笑的。说希腊是一个艺术评论家的民族才更公

---

1 "俗者生存"（The survival of the vulgarest）是模仿达尔文进化论之"适者生存"的讽刺说法。

正些。

欧内斯特：真的吗?

吉尔伯特：是的，一个艺术评论家的民族。不过，你为希腊艺术家和他时代的智性精神之间的关系描绘了一幅令人愉快的虚幻景象，我并不想破坏它。精确地描述从未发生过的事，这不仅是历史学家的专职，也是所有地域和文化中的人们所拥有的不可让渡的特权。我还是不愿意做学术性的交谈，学术对话如果不是无知者的做作表现，就是精神空虚者的职业。还有，至于所谓的改良性交谈，那仅仅是一种愚蠢的手段，更愚蠢的慈善家徒劳地试图用这手段来消除犯罪阶级的正当积怨。好了，让我为你弹奏一首德沃夏克谱写的疯狂、猩红的曲子吧。那织锦上色彩暗淡的人物们正在笑话我们呢，我那座青铜雕的那喀索斯[1]也已合上沉重的眼睑入睡了。不要总那么较真，我只是太清楚我们所生长的时代，在这个时代里只有乏味

---

1 那喀索斯（Narcissus），古希腊神话中的美少年，自恋者，喜欢在水边顾影自怜，后化为水仙花。

的人才会被人们认真对待，我最怕的就是不被人误解。别把我降级到那样的地位，以为我会给你提供有用的信息。教育是件值得赞美的事，但最好时时记住，任何值得知道的事都是教不来的。透过分开的窗帘，我看到月亮像一片有缺口的银子。星星们就像金色的蜜蜂那样簇拥着她。天空是质地坚硬呈凹形的蓝宝石。让我们到外面的夜色中去吧。思想的确是奇妙的，但探险还要更精彩。谁说我们不可能遇上波希米亚的佛罗瑞德王子，并倾听美丽的古巴女人告诉我们她内心和外表的冲突呢？

谈文学之美和那些伟大的批评

欧内斯特：你真任性得出奇。我非要和你争争这个话题不可。你说希腊民族是一个艺术批评家的民族，那他们有什么艺术评论留给了我们？

吉尔伯特：亲爱的欧内斯特，哪怕希腊时代或希腊化时代连一个艺术评论的碎片也没流传给我们，希腊民族也依然是一个艺术批评家的民族，他们发明了艺术评论就像发明了对其他所有事物的评论那样，这一点还是不会错的。说到底，我们从希腊那里主要得到了什么？不过是批评的精神而已。这种精神，他们运用在有关宗教和科学、伦理和纯粹哲学、政治和教育的探讨中，也同样运用在有关艺术的研究中，其实，在两种至高无上的艺术中，他们已经为我们留下了这个世上前所未有的最完美的批评体系。

欧内斯特：但那是哪两种至高无上的艺术？

吉尔伯特：就是生活和文学，生活和对生活的完美表达。前者的法则，如果照希腊人的规定，在一个被虚假理想玷污的时代里，我们可能无法实现它；后者的法则，正如希腊人所制定的那样，在许多情况下精妙得让我们几乎无法理解。希腊人认识到最完美的艺术就是那种最充分地反映了人的无穷变化的艺术，他们详细阐述了语言的批评学，把它只当作那种艺术的物质材料来考虑，所达到的高度，是我们强调理性或感性的重音规则几乎没有可能达到的。举个例子，他们学习散文的韵律变换，就像一位近代音乐家学习和声与对位法那么科学，更不必说，他们还具有更加敏锐的审美直觉。他们在这件事上做得很对，就像他们在所有事上都做得很对一样。自从印刷术被引进之后，随着这个国家中低层阶级阅读习惯的重大发展，文学中就出现了一种倾向，即越来越多地去吸引眼睛，同时越来越少地去吸引耳朵，而从纯艺术的立场来看，耳朵才是文学真正应该取悦的感官。它应该始终遵循耳朵的愉悦法则。佩特先生的作品从总体上来说，是我们当代英语散文中最完美的杰作，但现在，甚至连它们也更像是马赛克拼块，而不是音乐中的一个篇章。它们看上去处处缺乏词语真正的节奏活力，以及这种活力所创造的美好自由和丰富效果。我们实际上把创作变成了一种固定的写作模式，视它为一种详尽的设计方案。而从另一方面来看，希腊人则把创作简单地看成是一种记叙手段。他们总是把口语放在音乐和韵律的联系中去检验效果。声音是媒介，耳朵是批评家。我有时想过，荷马的失明可能真是一个编织于批评时代的艺术神话，用来提醒我们：一个伟大的诗人不仅是一位灵魂之眼较肉体之眼能看到更多的预言者，而且也是一个真正的歌手。他从音乐中创造自己的歌声，反复向自己吟诵每一行，直到他捕捉到那曲调的玄妙为止。在黑暗中，他吟咏着那些闪烁飞翔的词语，不管怎样，在那位伟大的英国诗人的晚期诗歌中，许多宏伟的乐章和炫目的辉煌，肯定都要归功于失明，如果它不算是人的意志的话至少也算是一种天数。当密尔顿不再能够提笔的时候，他开始歌唱。谁会将《考墨斯》的韵律和《力士参孙》《失乐园》以及《复乐园》的韵律相提并论呢？[1] 密尔顿失明后，他开始纯粹靠声音写作，这就应该是每个人的写作方式，于是早期的单管乐器变成了雄厚有力的多孔管风琴，它那浑厚的回响乐拥有《荷马史诗》所具有的全部庄严（如果它不企望去达到它的迅疾），它是英国文学史上一件永恒的遗产，横扫一切时代，只因它超越了一切时代，拥有不朽的形式，永远与我们相伴。是的，写作对写作者伤害很大。我们必须回到声音。它是对我们的考验，也许，从此我们将能够欣赏到希腊艺术批评的某些微妙之处。

像现在这样，我们做不到那些。有时当我完成了一篇散文，自以为已经足够小心地避免了所有失误，但一个可怕的想法会突然向我袭来，我可能已经因为使用扬抑格和三短节韵而造成了不道德的纤巧，在奥

---

1 《考墨斯》是密尔顿的早期作品，其他三部是较晚期作品，是在他失明后完成的。

古斯都时代，一位饱学的批评家曾以最公正的严肃态度，指责那位才气横溢但又有些自相矛盾的赫格西亚斯[1] 犯下了这种罪行。一想到这一点我就浑身发冷，我暗自纳闷，那位说行为占据了生命四分之三的迷人作家[2]，他曾以无畏的慷慨精神向我们社会中未开化的那部分人宣称过这个怪论，但如果有一天我们发现他的四音节音步摆错了位置，是否他那散文所产生的令人钦佩的道德效果就会完全泯灭呢。

欧内斯特：啊！瞧你多轻佻。

吉尔伯特：如果一个人被郑重地告知希腊没有艺术批评家，谁不会变得无礼呢？我能理解那种说法，说希腊的创造型天才被批评弄昏了头；但不能理解这种说法，说我们向之汲取了批评精神的那个种族不存在批评。你别向我要从柏拉图到普洛提诺时期的希腊艺术批评的调查报告。今天的夜晚太可

---

1 赫格西亚斯（Hegesias，约公元前 3 世纪），古希腊哲学家、修辞学家、悲观论者，主张自我中心主义。
2 指阿诺德（Matthew Arnold），"行为占生命的四分之三"（conduct is three-fourths of life）是他的名言。

爱了，不适合说这些，月亮如果听到了我们的谈话，肯定会把脸色变得比现在更青。让我们只谈谈这部完美的美学批评小册子吧——亚里士多德的《诗学》。它在形式上并不完美，因为写得很糟，可能是一些为艺术讲座而草率完成的笔记，或者就是为某本更完整的书做准备的孤立碎片；但是从品质和处理手法上来看，它是绝对完美的。艺术的伦理影响，它对文化的重要性，以及它在性格形成中所处的位置，这些都被柏拉图一了百了地解决了；但是在《诗学》里，亚里士多德不是从道德而是从纯粹的美学角度处理艺术问题。柏拉图当然也处理了许多明确归属于艺术的主题，如在艺术作品中整体性的重要性，格调与和谐的必要性，表象的美学价值，视觉艺术和外在世界之间的关联，以及虚构与事实之间的关联。他首先可能卷入的是人的灵魂问题，那种欲望我们至今无法满足，即渴望了解美与真之间的联系，以及美在宇宙道德和智力秩序中的地位。他所提出的理想与现实问题，放在抽象存在的形而上领域中讨论，对许多人来说可能有点空洞，但是将其转换到艺术领域中，你就会发现它们仍旧是关系重大且意义丰富的。可以这么说，柏拉图注定是一个美学批评家，只要把他的思考领域换一下名字，我们就会得到一门新哲学。但是亚里士多德就和歌德一样，主要研究的是艺术的具体表现，以悲剧为例：调查一下它使用的材料，是语言；看一看它的题材，是生活；它运用的手法，是动作；它展现自我的环境，是舞台表演；它的逻辑结构，是情节；以及它最终的美学诉诸，是诉诸美感，这美感借怜悯和敬畏的激情得以实现。自然的那种净化和精神化的过程（亚里士多德称之为"κα'θαρσξ"[1]），就像歌德知道的那样，本质上是美学的，而不像莱辛认为的那样是道德的。由于主要关心的是艺术作品引发的印象，亚里士多德致力于分析印象，研究印象的源头，观察它是怎样出现的。作为一个生理学家和心理学家，他知道人体功能的健康在于活力；具有激情而又不去抒发它的人，就是不完全、受局限

---

1 希腊语，意为净化。

的人。悲剧展现了对生活的模仿场景，清洁了那种充满"毁灭本质"的胸怀，为情感的宣泄提供了高尚而有价值的目标，从而净化和提升人的精神境界。不仅如此，它不但提升了他的精神境界，还激发了他的高尚情怀，他本来可能对这种情怀一无所知，词语"κα'θαρσξ"——有时我琢磨——是对入会（开始）仪式的一种明显影射，"开始"在这里难道不会是它真实的和仅有的含义吗？我偶尔也会陷入胡思乱想。这当然只是那本书的概要而已。但是你看，它是多么完美的一篇美学批评。除了希腊人，还有谁能把艺术分析得如此精辟？读了它，人们就不会再纳闷，为什么亚历山大里亚[1]如此热衷于艺术评论；也不会再纳闷，为什么我们会发现当时那些充满艺术气质的人们在研究有关风格和手法的每一个问题，他们讨论那些试图保持古典手法之尊贵传统的伟大经典画派，如西锡安画派，或那些旨在重现

1　亚历山大里亚（Alexandria），位于埃及，希腊化时代的文化名城，其图书馆收藏了大量古代典籍，是学术人才荟萃之地。

真实生活的现实主义和印象主义画派，要么就是肖像画法中的理想主义因素，与他们时期相近的史诗形式的艺术价值，或与艺术家相适宜的题材。其实，我很怕当时那些缺乏艺术气质的人也在文学和艺术事务中忙碌，因为对剽窃的谴责总是没完没了，那些谴责要么来自孱弱者无色的薄嘴唇，要么来自某种人奇形怪状的嘴巴，那种人自己什么都没有，却幻想如果他们哭喊着说自己遭到了打劫的话，就能够博取富有的名声。我向你保证，亲爱的欧内斯特，希腊人对画家的谈论不比我们现在少，他们也有绘画预展、先令展览[1]、艺术品和工艺行会、拉斐尔前派运动、现实主义运动，做有关艺术的讲演，写有关艺术的文字，造就他们的艺术史学家、考古学家，以及其他一切。呵，就连巡回表演公司的剧场经理也会在巡回演出中带上他们的戏剧评论家，支付他们很漂亮的工钱来写吹捧性的通告。其实，我们生

---

1 先令展览（Shilling Exhibition），英国大众化的收费廉价的展览活动。

活中所有时髦的玩意儿都该归功于希腊人。所有过时的东西都该归咎于中世纪。是希腊人给了我们完整的艺术评论体系，他们的批评直觉是何等犀利，只要看一个事实就可以知道了，就是他们以最关注的态度加以批评的素材是——像我已经说过的那样——语言。与词语素材相比，画家和雕塑家所使用的素材都显得过于贫乏。词语不仅仅会发出和六弦琴、诗琴一样甜美的音乐，不仅仅有着和威尼斯或西班牙画布同样丰富、栩栩如生的色彩（这些画布都是为了愉悦我们而绘制的），它们也并不比那些大理石或青铜雕像更缺少肯定和明确的造型，思想、激情和灵性也属于它们，而且仅仅属于它们。倘若希腊人除了语言之外不曾对其他任何事物做过评论，在这个世界上，他们仍旧不失为伟大的艺术批评家。了解了最高艺术的原则，便了解了所有艺术的原则。

　　但我看见那月亮躲进了一片硫黄色的云朵里。像狮子的眼睛那样，她从一片茶色的浓密云雾后闪烁着微光。她害怕我会向你谈起卢奇安和朗吉努斯、昆提利安和狄奥尼修斯，谈起蒲林尼、傅东和保萨尼阿斯，¹以及一切在古代社会里对艺术题材有所记述或演讲的人们。她不必担心。对于向幽暗乏味的事实深渊进行探险这种事，我已经感到厌烦了。除了另一支烟所能带来的那种神仙般的自在乐趣，现在我别无所想。烟至少会给人一种留有遗憾的余味。

1　卢奇安（Lucian，120—180），古希腊作家、无神论者；朗吉努斯（Longinus，213—273），古希腊新柏拉图主义哲学家、修辞学家，文学批评文章《论崇高》的作者；昆提利安（Quintilian，35？—96？），古罗马修辞学家、教师；狄奥尼修斯（Dionysius，约公元前1世纪），生于小亚细亚，历史学家和修辞学家，后移居罗马；蒲林尼（Pliny，23—79），古罗马作家；傅东（Fronto，100—166？），著名的古罗马演说家、修辞学家；保萨尼阿斯（Pausanias，公元2世纪），希腊旅行家、作家。

从文学中谈真正的批评精神

欧内斯特：尝尝我的，味道相当不错。我从开罗直接搞来的。我们的大使专员唯一的用处就是给他们的朋友提供一流的烟草。既然月亮藏了起来，我们索性再谈一会儿吧。我心甘情愿地承认，在希腊问题上是我搞错了。就像你指出的那样，希腊是一个艺术批评家的民族。我承认这一点，我对他们感到有点儿遗憾，因为创造才能要高于批评才能。这两者之间根本没法比。

吉尔伯特：把它们对立起来完全是主观臆断。没有批评才能，根本就不会有值得一提的艺术创作。你谈到敏锐的选择精神和直觉，艺术家通过这些来为我们逼真地表现生活，并赋予它瞬息的完美。哦，选择的精神，对冗长事物的巧妙变通手段，这正是最典型的批评才能。不具备这种批评才能的人，就根本不可能在艺术中有所创造。阿诺德把文学定义成对生活的评论，在形式上这个定义不算很恰当，却显示了他是多么敏锐地意识到批评要素在所有创作中的重要性。

欧内斯特：应该说，伟大的艺术家都是在无意识中创作的。他们"比他们自以为的还聪明"，我记得好像是爱默生在某个场合这么说过。

吉尔伯特：其实不是这样的，欧内斯特。所有杰出的虚构作品都是自觉的、经过深思熟虑的。没有哪位诗人因必须歌唱而歌唱。至少，伟大的诗人不会这样做。一位伟大的诗人因为选择了歌唱而歌唱。现在是这样，过去也是这样。有时我们更倾向于认为，那些在诗歌的启蒙时代的声音比我们现在的声音更简朴，更清新，也更自然。早期诗人面对和漫游的那个世界拥有一种天然的诗歌品质，几乎不必改动就已经是诗歌了。现在的奥林匹斯山上覆满了皑皑的白雪，它陡峭的斜坡寒冷且荒芜，但是我们想象，缪斯们白皙的双足曾一度在清晨掠过那银莲花上的露珠，晚间，阿波罗也会来到山谷里向牧羊人们唱歌。但是，这只是我们把自己期望或自以为期望的东西强加给了别的时代。我们的时代感是有问题的。到目前为止，每一个产生诗歌的世纪都是一个人为的（artificial）世纪，在我们看来某个时代里最自然、最简朴的作品，始终只是最自觉的努力的结果。相信我，欧内斯特，没有自觉就不会有出色的艺术，自觉和批评精神是一回事。

欧内斯特：我明白你的意思，很有道理。但是你肯定会承认那些早期社会的伟大诗歌，那些原初的、佚名的集体诗歌是种族想象力的产品，而不是个人想象力的产品。

吉尔伯特：它们还不能被称为诗歌，它们还没有获得美好的形式。因为没有风格的地方就没有艺术，没有整体性的地方就没有风格，而整体性是属于个人的。无疑，荷马汲取了古老的民谣和传说，就像莎士比亚依据历代记、戏剧和小说来创作，但是它们只是他的粗材料。他占有它们，把它们锻炼成诗歌。它们就变成了他的东西，因为他使它们变得美好动人。它们诞生于音乐——

> 因此根本没有诞生，
> 因此永远诞生了。

一个人学习生活和文学的时间越长，就越会强烈地感到，每一种精彩事物的背后都存在着个人。不是机遇创造了人，而是人创造了时代。其实我倾向于认为，每一个在我们看来是起源于部落和民族的奇迹、恐怖或幻想的神话和传说，最初都是某个独立头脑的创造物。神话的数量极其有限，在我看来就证实了这个推论。不过，别把话题扯到比较神话学那儿去。我们必须就批评进行讨论。我所想指出的是，在一个没有批评的时代里，艺术要么就是停滞的、拘泥的，局限于对传统形式的模仿，要么就根本不存在。的确有这样的批评时代，它缺乏通常意义上的创造性。在这种时代里，人的灵性所寻求的是在宝库里清理珍宝，把金子和银子、银子和铅分离出来，还要去计算宝石的数量，为珍珠命名。然而，从来没有一个创造的时代会不具备批评精神，因为正是批评的才能创造了新形式，创造的趋向是重复自己。新冒出的每一个学派，艺术家手中每一个待用的新铸模，这些我们都该归功于批评本能。艺术现在所适用的形式，没有一个不是从亚历山大里亚的批评精神流传至今的。这些形式要么是在那里定型，要么是在那里被创造出来，要么就是在那里获得完善的。我提到亚历山大里亚，不仅因为希腊精神在那儿最为自觉化，甚至到头来窒息在怀疑主义和神学当中，还因为罗马不向雅典而向那个城市寻求她的榜样，正是通过拉丁文字的保存（尽管保存水平不过尔尔），那种文化才得以流传下来。文艺复兴时期，当希腊文学开始为欧洲所知时，欧洲大地在一定程度上已经有所准备了。不如置历史细节于不顾——那些细节总是令人乏味的，而且往往也是不准确的，让我们大致地来说，艺术的形式是取决于希腊批评精神的。我们的史诗、抒情诗、戏剧的每一发展阶段，包括滑稽歌舞剧、田园诗、浪漫小说、传奇小说、小品文、对话录、演说词、讲稿（在这一点上，也许我们无法原谅希腊人），还有广义上的警句，所有这些都该归功于那种精神。其实除了十四行诗、美国报业、苏格兰垃圾方言中的民谣外，我们的一切都该归功于它。不过关于十四行诗，在《希腊诗选》中我们可以看到某些与它相似的有趣思路，与美国报业相似的东西就哪儿也找不到了，至于那些民谣，我们最勤奋的作家之一最近推荐了它，认为我们的二流诗人应该以它为基础做一致的最后的努力，从而实现真正的浪漫。每一个新流派诞生时都疾声反对批评，可它的起源正应该归功于人的批评才能。单纯的创造本能不会革新，只会复制。

欧内斯特：你一直在说批评是创造精神的一个实质部分，现在我完全接受了你的理论。但是创造之外的批评又是怎样的呢？我有个阅读期刊的愚蠢习惯，但在我看来，大多数现代批评都是毫无价值的。

吉尔伯特：大多数现代创作也是毫无价值的。庸才掂量庸才的分量，无能者为他的弟兄喝彩——这就是英国艺术活动时不时展现给我们的奇观。不过，我觉得我在这问题上有点不公平。通常情况下，批评家们——当然，我说的是较上流的，确切地说，就是那些在为六便士廉价报纸撰稿的人——远比那些要求他们评论自己作品的人要有教养得多[1]。这其实只不过是理所应当的，因为批评要求比创造高深得多的修养。

欧内斯特：真的吗？

吉尔伯特：当然。任何人都能写一部三卷册的小说。只要对生活和文学一无所知就能做到这一点。我能想象的评论家所面对的困难是维持标准的困难，没有风格的地方不可能有标准。显然，糟糕的评论家会把自己降低到那样的地步，变成文学法庭的通信员和艺术惯犯行径的编录员。有时，据说他们根本不读完要求他们评论的作品。他们不读。反正他们也不该读。如果读了，他们就会变成顽固的遁世者（misanthropes），或者借用一个漂亮的纽汉姆[2]毕

---

1 这是王尔德的一种讽刺说法，为廉价报纸撰稿的批评家一般不会是上流的批评家，但相对于那些要求他们评论自己作品的人来说，这种蹩脚批评家也算是上流的了。
2 纽汉姆（Newnham）学院是英国剑桥大学下属的女子学院。

业生的词汇来说，他们在余生里就会变成"慕女狂"（womanthropes）[1]。而且这种阅读也是毫无必要的。了解一种酒的制造年限和品质用不着把整桶酒喝下去。在半个小时内认定一本书是否有价值，肯定是件非常容易的事。十分钟其实就够了，如果一个人对形式很有直觉的话。谁愿意费力读完一整本枯燥无味的书呢？只要浅尝一口，那就够了——绰绰有余了。我知道在绘画界和文学界，有许多诚实的工作者完全反对批评。他们做得很对，他们的作品和他们的时代毫无智性联系。那些作品既不会给我们带来新的乐趣，也不意味着思想、激情或美的新启程。它们不值一提，理应被遗忘。

---

1 文字游戏，遁世者（misanthropes）在英文里有"仇恨人类"（a hatred of men）的意思，而人类（men）在英文里也有"男性"的意思，所以如果把遁世者理解成"仇恨男性的人"，那么就可以开玩笑地假设他们是"热爱女性的人"（womanthropes），即"慕女狂"。

欧内斯特：但是，我亲爱的朋友——原谅我打断你的话——在我看来，你听任你对批评的热情把自己带得太远了吧。因为，毕竟连你也该承认，做一件事比说一件事要难得多。

吉尔伯特：做一件事比说一件事更难？大错特错。这是一个大众化的错误。说一件事比做它要困难得多。在真实生活中，这一点是显而易见的。任何人都可以创造历史，但只有伟大的人才能够著述历史。我们和较低等的动物分享所有形式的行动和情感，只有在语言方面我们高出它们，或高出彼此——语言，它是思想的母亲，而不是思想的孩子。行动其实总是容易的，而且当它以最恶劣——总是没完没了——的形式（我认为这倒真是一件辛苦活儿）出现在我们面前时，它只是那些别无事可做的人的避难所。别，欧内斯特，别提行动。它是一种受外界影响控制的盲目的事，被自己也被一无所知的冲动推动着前进。它在本质上有缺陷，因为受到偶然因素的限制，并且对自己的方向一无所知，总是和目标相左。它的基础是想象力的匮缺。它是那些不知道该如何做梦的人的最后资源。

欧内斯特：吉尔伯特，你把世界当成了水晶球。你手持这个球，为了满足任性的幻想而颠倒它。除了改写历史，你什么事也没做。

吉尔伯特：我们对历史所应该承担的责任之一就是改写它。在批评精神要承担的任务中，它可不是一件小事儿。当我们完全发现了支配生活的科学法规，就会认识到，比梦想家更会幻想的人就是采取实际行动的人。他其实对自己行为的前因后果都一无所知。他以为他播下了荆棘的种子，我们却从他那里收获了葡萄；他为了讨我们欢心种植了无花果树，那树却像

123

蓟类植物一样贫瘠无果，而且味道还要更苦涩。正是因为人类不知道自己去向何处，它才能够找对路。

欧内斯特：那么，你认为在行动的范围内，有意识的目标只是一种错觉？

吉尔伯特：比错觉还糟。如果我们能活着看到自己行动的后果，那些自以为正直的人也许会在沮丧的懊恼中病倒，那些公认的邪恶分子却体验着高尚的喜悦。我们所做的每一件小事都将汇入生活的大机器，它会把我们的美德碾成粉末，使其一文不值，或把我们的罪行转变成新文明中的元素，比过去的更神奇、更辉煌。但是人是词语的奴隶。他们激烈地反对唯物主义（他们是这样称呼它的），却忘了所有的物质进步都有助于提升世人的精神层次，也忘了几乎所有的精神觉醒都会把世人的才能消耗在那种无望的期盼、无结果的热忱和空洞拘束的教条中。被人们称为"罪行"的行为，其实是进步的实质因素。没有它，世界将会停滞不前，要么就会变得衰老或苍白无色。罪行以其好奇心增添了种族的体验。它强调个人主义，借此把我们从单一化的类型中拯救出来。它拒绝了当前的道德观念，这就证明了它具有更高的伦理标准。至于美德！什么是美德？勒南先生[1]告诉我们，自然从不介意贞操问题，现代生活中的卢克丽霞们[2]之所以能免于被玷污，该归功于抹大拉的玛利亚[3]的羞愧，而不是她们自身的纯洁。甚至那些把慈善作为自己宗教的正规部分的人也不得不承认，慈善产生了大量的罪恶。良心发现，这种现在人们夸夸其谈并无知地为之骄傲的能力，其实只不过是我们不完善的发展的一个标识而已。我们若想变得美好，就必须把它并入本能之中。自我否定只不过是人限制自身发展的手段，自我牺牲只不过是野蛮人自残行为的遗留，是那种膜拜痛苦的仪式的一部分，那种膜拜在世界史上是一个如此可怕的因素，甚至到了今天还在日复一日地制造牺牲品，而且在大地上还照样有它的祭坛。美德！谁

1　勒南（Ernest Renan，1823—1892），法国哲学家、历史学家，著有《科学的未来》《基督教起源史》《耶稣传》等书。
2　卢克丽霞（Lucretia），传说中的罗马烈女，被暴君污辱而自杀。
3　抹大拉的玛利亚（Mary Magdalen），《圣经》中的妓女，从基督那里获得了救赎。

知道美德是些什么？你不知道，我不知道，没人知道。处决罪犯是出于我们的虚荣心，因为如果我们让他活下来，他就可能向我们指出我们从他的罪行中获得的收益。正是为了得到宁静，圣徒才以身殉难，省得看到自己的努力所换来的可怕收获。

欧内斯特：吉尔伯特，你的声音太刺耳了。让我们回到较文雅的文学领域中来吧。你刚才讲过什么？说一件事比做一件事更难？

吉尔伯特（停顿片刻）：是的，我相信是我斗胆提出了那个简朴的真理。显然，现在你已认识到我的正确了吧。人行动时是一个木偶，叙述时是一个诗人。全部的秘密就在于此。在多风的伊利昂[1]城边的沙地上用彩绘的弓射出锯齿的箭，或向兽皮和闪亮黄铜缚裹的盾牌投掷白蜡木柄的长矛，这种事是轻而易举的。通奸的王后为她的丈夫铺上提尔的地毯，然后，当他躺进大理石的浴室里时，她用紫色的网扣住他的头，叫出自己的小白脸情人透过网孔攒戳那颗本

---

1 伊利昂（Ilion），即《荷马史诗》中特洛伊城的所在地。

应死在奥利斯的心脏，这也是容易的事[1]。甚至安提歌尼（死神在等待做她的新郎），她在正午时分穿过污腐的空气，爬上山巅，将善意的土壤播撒在那没有坟墓的悲惨裸尸上，这也不难做到[2]。但是那些写下这些故事的人又怎样呢？那些给予这些人物真实性并使他们永恒的人又是怎样的呢？他们不比那些他们为之歌唱的男人和女人更伟大吗？"那美好的骑士，赫克托耳死了"，卢奇安告诉我们在阴暗的地下世界里，墨尼帕斯是怎样面对海伦那漂白的颅骨，惊叹就是为了这样一副狰狞的面孔，那些角舰齐齐出发，那些披甲戴盔的健美男人被击杀，那些高耸的城墙化为尘土[3]。然而，丽达那天鹅般的女儿[4]每天从城垛上伸出头来，向下俯瞰战争的潮汐，胡子灰白的老人们惊愕于她的

1　该段讲的是远征特洛伊的阿伽门农还乡后，被妻子和她的情人刺杀的故事。在此之前，为了远征顺利，他曾经在奥利斯（Aulis，地名）把自己的女儿伊菲格尼亚献祭给阿尔忒弥斯女神。

2　安提歌尼（Antigone）是古希腊神话中俄狄浦斯的女儿，她因为无视忒拜王的禁令埋葬自己的兄长，被囚在墓室里并自杀身亡。

3　指卢奇安的作品《墨尼帕斯下地府》中的情节。

4　指海伦，宙斯化身天鹅，和丽达生了她。

美丽。她站在国王的身边，她的情人待在染色象牙的寝室里。他在擦拭自己精美的盔甲，梳理上面那猩红色的羽饰。带着扈从和侍卫，她的丈夫[1]在军帐间穿梭。她可以看到他那浅浅发亮的头发，听到或幻想自己听到他那清晰冰冷的嗓音。下方的院子里，普里阿摩斯的儿子正在扣紧自己的黄铜胸甲。安德洛玛克的洁白双臂环绕着他的脖颈。为了避免他们的小宝贝受到惊吓，他把头盔放在地上。阿喀琉斯坐在他帐篷中绣花的帷幕后，身着喷香的衣饰，而此时，他的至交好友正披挂着镀了金银的甲胄，准备投身战斗。从他母亲西蒂斯送到船边的做工稀罕的雕箱里，马密顿的统治者拿出那个从未被嘴唇碰过的神秘圣杯，他用硫黄擦拭它，用净水冰镇它。在清洗自己的双手后，他将黑色的酒倒入擦亮的杯中，再将那浓稠的葡萄汁洒向地面，向那位在多多纳被赤脚的先知们膜拜过的神致以敬意，他向神祈祷，但不知道那祈祷是徒劳的，

---

1 海伦的情人是帕里斯，她的丈夫是墨涅拉俄斯，两人为争夺她而战。

在特洛伊的两位骑士——潘托俄斯的儿子欧福耳玻斯（他的额发用金饰卷好）和狮心的普里阿摩斯族人——手上，普特洛克勒斯，伙伴中的伙伴，注定了厄运[1]。它们是幻象吗？薄雾和山巅的英雄？歌中的影子？不，它们是真实的。行动！行动是什么？它在积蓄活力的过程中就已经结束了。它是对现实所做的卑劣让步。世界是歌者为梦想家创造的。

欧内斯特：你说起来真像那么回事儿。

吉尔伯特：事实也是如此。伏在特洛伊颓败的废墟上的蜥蜴，就像一件霉绿色的青铜制品。猫头鹰在普里阿摩斯的宫殿里筑窝。牧羊人和他们的羊群在杳无人烟的草原上漫游，在那柔滑的、酒一样的[2]的海面上，达奈人[3]的大船（铜制的船艚，漆着朱红色条纹）排列成若隐若现的新月形驶来；孤独的捕金枪鱼手坐在他的小船上，观察着渔网上颤动的软木鱼漂。

1　以上都是《荷马史诗》中的情节和故事。

2　荷马称之为"酒蓝色"。

3　达奈人（the Danaoi），希腊人的另一个统称。这里指远征特洛伊的希腊船队。

然而，每天早晨，城门被推开，步行或马拉战车上的勇士们投身战斗，从铁面罩下嘲笑着他们的敌人。整整一天，战争激烈地持续着，当夜晚降临时，帐篷边的火把闪烁着，篝火在大厅燃烧。那些大理石雕刻成的或画在彩色镶片上的人们，以为生活只是个别的精彩瞬间，其实它却因为美而得以永恒，只是局限于一阵激情或一时的静穆而已。喜悦和恐惧、勇敢和绝望、快乐和受难，那些被诗人描述得栩栩如生的人物有着数不清的情绪。季节在开心的或悲哀的场景中来来往往，岁月迈着轻盈的或沉重的脚步在他们面前消逝远去。他们年轻过，成人过；他们曾是孩子，又渐渐老去。圣海伦娜永远停留在破晓时分，就像维诺内塞看见她在窗口时的那个样子。天使们穿过早晨宁静的空气给她送来上帝苦痛的象征，黎明凉爽的微风拂起她额边的金发。¹在佛罗伦萨附近的小山包上，乔

1　指意大利画家维诺内塞（Paolo Caliari Veronese，1528—1588）所画的《圣海伦娜之梦》（图 15）。圣海伦娜是传说中发现真正十字架的人。

尔乔涅的情人们正躺在那里，时间永远是正午，夏天的太阳把那样的中午晒得懒洋洋的，苗条的裸女不情愿地将纯净的圆形玻璃水瓶浸入大理石水槽中去打水，那抚弄诗琴的修长手指也闲下来停在琴弦上。[1]对跳舞的山林水泽仙女来说，一切都发生在傍晚，是柯罗把她们带到法兰西银色的桦木林中（图16）。在永恒的黄昏中她们舞动，那些脆弱轻盈的角色，她们颤动的玉足仿佛根本没有接触到脚下那些被露水浸染的草。但是那些漫步在早期史诗、戏剧或浪漫故事中的人，在那些终日操劳的岁月中看到早期的月亮圆了又缺，望着夜晚来了又去，从日升到日落，注视着那一天中光线和阴影的更替。为了他们，也为了我们，鲜花们开了又谢，大地，柯尔律治称之为披着绿色头发的女神，为了取悦他们更换着自己的服饰。雕塑凝聚了瞬间的完美。画布上涂描的形象不会有精神上的成长或变化。如果他们不懂死，那是因为他们对生所

1　指乔尔乔涅现藏于卢浮宫的画作《牧歌》（图17），也有人认为该画为提香所绘，或至少提香参与了部分绘制过程。

知甚少，因为生和死的秘密属于并只属于那些能被时间的流逝影响到的人，那些人不仅拥有现在也拥有将来，他们在过往的荣耀和羞耻中沉浮。运动，视觉艺术中的问题，文学单枪匹马就可以将其如实地体现。是文学让我们看到了肉体的敏捷和灵魂的躁动。

批评是一种创造性的艺术

欧内斯特：现在我明白你的意思了。但是很明显，你把创造性艺术家的地位摆放得越高，批评家的地位就该越低。

吉尔伯特：为什么非如此不可？

欧内斯特：因为他所能给我们的，最多不过是浑厚音乐中的一个回音、轮廓清晰的形式的一个模糊阴影。生活其实也许只是一团混沌，就像你告诉我的那样；它的牺牲可能是吝啬的，它的英雄行为可能并不光彩；也许文学的职责就在于，用现实存在的粗糙素材去创造一个比肉眼中的世界更非凡、更持久，也更真实的天地，平庸的本性，则试图通过这片天地来抵达自身的完美。不过可以肯定的是，如果这个新世界是由一个伟大的艺术家的灵感和格调所创造的，那么它将会显得那样全面和完美，以致批评家根本就无事可做了。我现在完全理解了，而且心悦诚服地承认，说一件事比真正做这件事要困难得多。世界上的每一所文学研究院，都应该把这条合理又明智的格言（它的确很恰如其分）拿来当院训。不过，在我看来，它只适用于艺术与生活之间的关系，而不适用于艺术与批评之间的关系。

吉尔伯特：但是，明摆着，批评自身就是一门艺术。就像艺术创作暗示着批评才能的运用那样，而且，其实如果没有批评才能的话，根本就谈不上什么艺术创作可言，因此从"创造性"这个词语的最高层次上来看，批评的确是具有创造性的。事实上，它既是创造性的，又是独立自主的。

欧内斯特：独立自主的？

吉尔伯特：是的，独立自主的。和诗人及雕刻家的作品一样，批评不接受模仿和类似这种低级标准的评判。批评家与他所评论的艺术作品之间的关系，就像艺术家与形式和色彩的视觉世界，或情感和思想的不可视世界之间的关系一样，他甚至不需要用最好的材料去达到自己艺术上的完美，一切材料都符合他的用途。靠近鲁昂的名叫约维尔·拉贝的肮脏小镇上，一位乡村医生的蠢老婆的污秽而又多愁善感的奸情，能够被古斯塔夫·福楼拜借用来创作一部经典，一部具有风格的杰作。因此，从那些很少或毫无重要性的题材上，比如，今年挂在皇家艺术学院里的画像，或任何年度里挂在皇家艺术学院里的画像，还有刘易斯·莫里斯[1]的诗，奥内先生[2]的小说，或亨利·阿瑟·琼斯[3]的剧本，从这类题材上，一位真正的批评家，如果乐于运用或浪费他那沉思冥想的才能，就能够以精妙的才智创出在美和直觉上毫无缺陷的作

1　名字叫刘易斯·莫理斯（Lewis Morris）的英国诗人有两个，一个的生卒年是 1701—1765 年，另一个是 1833—1907 年，这里指后者，他与王尔德有交往。

2　奥内（Georges Ohnet，1848—1918），法国大众小说家。

3　亨利·阿瑟·琼斯（Henry Arthur Jones，1851—1929），英国戏剧家。

品。为什么不呢？沉闷对横溢的才华始终是一种难以抵抗的诱惑，愚蠢永远是一只向智慧发出挑战的狂兽。对一个像批评家那样富有创造力的艺术家来说，题材又有什么重要性？这一点也同样适用于小说家和画家。和他们一样，他在哪儿都能找到主题。处理题材的方法是一种考验。任何题材中都蕴含着启示和挑战。

欧内斯特：但是批评真是一种创造性艺术吗？

吉尔伯特：为什么它不该是呢？它处理的是原材料，并把原材料转化成一种既新颖又可喜的形式。诗歌又比这多什么呢？其实，我愿意把批评称作"创作中的创作"。因为从荷马、埃斯库罗斯一直到莎士比亚和济慈，这些伟大的艺术家不是从生活中直接寻找题材，而是取材于神话、传奇，以及古代故事，批评家也是这样，可以说，他使用的材料是那些别人已经加工提炼过，并且具备幻想形式和色彩的材料。不仅如此，我还要说，最高的批评是个人印象的最纯粹形式，就其风格来说，比创作更富有创造性，因为它最不需要参照外在于自身的标准，而且事实上它是它自身存在的理由。希腊人会这样说，它的目标就在自身中，它以自身为目标。它当然从来不会被逼真性的桎梏约束住，也从来不会对"可能性"做不光彩的体谅，那是对沉闷重复的家庭和公众生活所做的胆怯让步。人们也许会不满虚构小说，呼吁实事求是。但是针对灵魂不会有这样的事。

欧内斯特：针对灵魂？

吉尔伯特：是的，针对灵魂。那才是真正的最高批评。人的自身灵魂的履历，比历史更富有魅力，因为它只关注自己。它比哲学更讨人喜欢，因为它的主题具体而不抽象，真实而不含糊。它是自传唯一的文明形式，因为它记叙的不是事件而是传主生平的思想；不是生命中那些行为和境遇的物质事件，而是精神状态和头脑中富有想象力的激情。对于我们时代中那些作家和艺术家的愚蠢自负，我总感到好笑，他们似乎以为批评家的首要职责就是谈论他们那些二流作品。对于大多数近代的创造性艺术，对它们的最高评价也只不过是说它们比现实略少一些粗俗罢了，因此，批评家秉承他那微妙的辨别能力和对精巧形式毋庸置疑的直觉，更乐于透过银色镜子或手织面纱来观看事物，哪怕镜子已磨损，面纱已褪色，他掉头不看那现实中存在的混乱和喧嚣。他唯一的目的就是记载他个人的印象。正是为了这个人，绘画被着色，书籍被撰写，大理石被砍凿成具体形象。

欧内斯特：我似乎曾听过另一种批评理论。

吉尔伯特：是的，是有一个人这么说过，我们所有人都崇敬他那亲切的形象，他的笛声曾把普罗塞尔平娜 [1] 从西西里的田野中引出来，令那双白足（并非徒劳地）搅扰了卡姆纳的樱草花，他说批评的正确目的是去观察事物的本来面目。但这是个非常严重的错误，因为他没有认识到批评的最完美的形式本质上是完全主观的。他试图揭开的是它自身的秘密，而不是他人的秘密。最高的批评不把艺术看成是表现性的，而把它看成是纯粹印象性的。

1　普罗塞尔平娜（Proserpina），古罗马神话中的冥后，原为谷物之神，后被冥王劫持，与古希腊神话中的冥后珀耳塞福涅（Persephonē）是同一个人。

欧内斯特：但真是这么回事吗？

吉尔伯特：当然是。谁会在乎拉斯金先生关于特纳的观点是否合理？那有什么关系！他那恢宏有力的散文，充满炽热火焰般的高贵雄辩，那精心创构的交响乐是如此浑厚，在他最上乘的作品中，词语和表述的细微选择是如此肯定和确切。他的散文，至少也可以和英国画廊中那些在朽败的画布上褪色或腐坏的美妙日落相媲美，甚至更伟大。人们之所以会时不时地这样想，不仅是因为它那种同等的美更持久，还因为它的感染力更加多姿，在那些音调整齐的长句中灵魂同灵魂的对话，不仅是通过形式和颜色（尽管通过这些其实就已经是完满无缺的了），还依靠理性和情感化的表达，依靠崇高的激情和更崇高的思想，依靠富有想象力的眼光，以及诗的目的，甚至更伟大，我总是这样想，正如文学是更伟大的艺术。再说，谁会在乎佩特先生对蒙娜丽莎做了那些让列奥纳多[1]连想都没想过的诠释？ 就像某些人幻想的那样，画家也许

1　列奥纳多（Lionardo），即达·芬奇（Leonardo da Vinci）。

仅仅是倾倒于一个古老的微笑，但是当我漫步在卢浮宫那冰冷的画廊间，站在那幅"位于大理石的座椅上，四周环绕着奇异的石堆，就仿佛置身海底的微光中"的陌生画像前，我喃喃自语："她比自己周围的那些石头更古老，就像吸血鬼那样，她死过许多次，知道坟墓中的秘密；她也曾是深海中的潜伏者，与陨落在水底的岁月为伍；她也曾和东方商人就那些罕见的织物讨价还价。而且，和丽达一样，她是特洛伊的海伦的母亲；也和圣安妮一样，是圣母玛利亚的母亲。对她来说，这一切都只不过像是里拉琴和笛子的声音，这些都只存在于典雅之中，用典雅来塑造改变中的容颜，为眼睑和双手着色。"我还对我的朋友说："从水边那样不可思议地升起，表达了千年以来人们试图表达的东西。"他回答我："这个头像是'整个世界瞩目的中心'，她的眼睑略有点疲倦了。"

因此，在我们看来，这幅画比真实的它更美妙，并向我们揭示了其实连它自己都一无所知的秘密，那神秘的平凡，它的乐章在我们耳中听来就像笛子演奏的曲调一样甜美，那笛声为乔康达夫人的嘴唇增添了微妙狡猾的曲线。你问我，如果某人告诉列奥纳多"世上所有的思想和经历都蚀刻和塑造在那幅画上了，它们用手中的力量去提炼那些希腊人的野性、罗马人的欲望、中世纪充满形而上的野心和梦幻之爱的奇想、异教徒世界的重返、博尔吉亚家族[1]的罪恶，通过这些使这幅画的外在形式充满表现力"[2]，那他会怎样回答呢？他可能会说自己从没留意过那些事，他只关注线条和块面的某些布局，还有新发现的那种稀罕的蓝绿色和谐组合。正是出于这个原因，我所引用的这些批评是最高层次的批评。它只把艺术作品看作一个新创作的出发点。它不限制自身——让我们至少暂时这样想——探求艺术家的真正意图，不把这一点视为最终目的。在这一点上它是对的，因为任何美好创作的意义，在观众的心灵和创作者的心灵中至少是不相上下的。不仅如此，恰恰是旁观者为美好的

1　博尔吉亚家族（the Borgias）是定居意大利的西班牙贵族，在15、16世纪出过两任教皇和许多政治、宗教领袖。
2　以上几段引号中的文字均出自佩特《文艺复兴：艺术与诗的研究》中有关《蒙娜丽莎》的章节。

事物增添了无穷的意义，使它在我们眼中变得精彩非凡，在它和时代之间建立了新的联系。它因此变成了我们生活中的一个重要组成部分，一个我们所祷祝的事物的象征，又或许是那个我们曾祷祝过，但又害怕会得到的事物的象征。欧内斯特，我研究的时间越长，就把问题看得越清楚，视觉艺术之美就像音乐之美那样，主要是印象性的，可能会——其实是经常会——因艺术家过度的理性意图而受到损害。作品被完成之后，在某种程度上它就有了自己独立的生命，它所传递的信息，可能会远远不同于本来让它说的那些。有时，当我在听《汤豪舍》[1]的序曲时，似乎真的看到了那位清秀的骑士，他优雅地走在野花盛开的草地上；似乎真的听到了维纳斯呼唤他的声音从洞窟之山上传来。但是在别的某些时刻，它又在向我倾诉一千种不同的事情，也许是关于我、我自己的生活，或别的某些人的生活，那些人曾被爱过，但又被

---

1 《汤豪舍》(*Tannhauser*)，瓦格纳的歌剧，其序曲部分最为有名，主人公汤豪舍是个游吟歌手，曾与爱神维纳斯同居。

人厌弃了，或是关于人们所知的激情，或是人们一无所知并因此寻寻觅觅的激情。今夜它也许就会使一个人沉浸在那种不可能的爱情之中。那种不可能的爱情像一阵疯病似的降临到那些自以为安全并且远离伤害的人们的头上，他们就此突然病倒，受到不知足的欲望的毒害，在对那些他们也许难以企及的事物的无止境追求中变得虚弱、昏晕、步履蹒跚。到了第二天，像亚里士多德和柏拉图介绍给我们的那种音乐，像希腊人的高雅的多里安音乐，它也许会充当起内科医生的角色，给我们一剂止痛药，治愈受伤的心灵，"通过正当的途径把灵魂引入和谐的状态"。适用于音乐的，也适用于所有的艺术。美就像人的情绪一样含义复杂。美是象征的象征。美揭示了一切，因为它从不表达。当它向我们展现它自己时，也向我们展现了整个色彩炽烈的世界。

欧内斯特：但是，你刚才讲的那种作品真的是批评吗？

吉尔伯特：是最高的批评，它批评的不仅仅是个别艺术作品，也是美之本身，它用奇迹注满一种形式，那形式也许是艺术家抛弃不要的，又或许是他不能理解，或理解不够全面的。

欧内斯特：这么说，最高的批评比创作更富有创造性，批评家的主要目标是，看待对象时要能把它从自身中剥离出来。我想，这就是你的理论。

吉尔伯特：是的，这就是我的理论。对批评家来说，艺术作品只是一种启示，启示他创造属于自己的新作品，而他的作品并不需要与他所批评的事物保持明显的一致。美好形式的一个特点就是，人们可以按照自己的愿望任意塑造它，从它身上看到自己想要看到的一切东西。美把自身的普遍性和美学要素给予了创作，使批评家反过来变成了创造者。那种议论着一千种不同事情的窃窃私语，打扰不了那些雕刻塑像、为镶板上色或琢磨宝石的人。

有时，那些对最高批评的特性和最高艺术的魅力一无所知的人会说，批评家最喜欢批评的是属于逸事画册那一类的画作，还有那些取材于文学作品或历史事件的场景绘画。但事实并非如此。其实，这类画太浅显易懂了。它们和插图属于同一类别，而且甚至从这一点出发它们也是失败的，因为它们没有激起想象，反而为想象划定了明确的界限。就像我曾说过的那样，画家的领域和诗人大不相同。属于后者的生活是丰富并绝对完整的。属于后者的美不仅仅是人们注视中的美，还包括人们倾听到的美；不仅仅包括形式瞬间的优雅或色彩短暂的欢悦，还包括情感的全部空间、思想的完美周期。画家受到的制约则要多得多，只有通过肉体的面具，才能够向我们展示灵魂的奥秘；只有通过传统的形象，才可能处理观念上的东西；只有通过物质的对等物，才可以进行心理交流。然而他表达它们的方式是多么不适当，他要我们把摩尔人撕破的头巾当作奥赛罗高贵的愤怒，或把暴风雨中的老糊涂当成是李尔王疯狂的激昂！但是，似乎没有东西能制止他。大部分上了年纪的英国画家把他们邪恶且虚度的一生用来在诗人的领地上进行偷猎，通过笨拙的处理手法来破坏那些诗人的主题，用视觉化的形式或颜色来刻意表达那些无形的神奇、那些看不见的辉煌。理所当然的，他们的绘画乏味到不堪的地步。他们把无形艺术降格成了显而易见的艺术，也就是不值一看的事物。我不是说诗人和画家不可以处理相同的题材。他们一直是那样做的，而且还会继续做下去。但是诗人可以选择是否表现画面，画家则始终必须表现画面。因此画家是受到限制的，不是在他观察自然时受到限制，而是受限于他在画布上的表现。

因此，我亲爱的欧内斯特，这类绘画不会真的让批评家着迷。他将撇开它们，去关注那些能让他沉思、做梦和幻想的作品，那些作品具有微妙的启示品质，它们仿佛在告诉人们，从这些作品中，你可以找到通往更广阔世界的路。有时人们说艺术家生命中的悲剧在于他不能实现自己的理想，但是发生在大多数艺术家身上的真正悲剧是，他们过于彻底地实现了自己的理想。因为一旦理想被实现，它也就被剥夺了奇迹和神秘感，于是就变成了它自身之外的另一个理想的新出发点。这就是为什么音乐是一种完美的艺术。音乐永不会透露它的终极秘密。这也可以解释"限制"（limitations）在艺术中的价值。雕塑家乐于放弃模仿化的色彩，画家乐于改变形体的确切大小，因为通过这类放弃，他们可以避免对现实过于明确的表达——那只不过是一种模仿；也可以避免对理想过于肯定的实现——那样未免显得太理性了。正是因为它的不完整，艺术才获得了完整的美。因此，它不向识别能力或推理能力献殷勤，只向美学意识献殷勤，尽管美学意识承认推理和识别属于理解的阶段，但它又令这两者都臣服于把艺术作品作为一个整体来看待的纯粹综合印象，它汲取作品的不同情感元素，利用它们的这种复杂性为手段，或许能把一种更为丰富的同一性（unity）添加到最终印象中去。你看，就这样，美学批评家拒绝了那些明显的艺术形式，它们只包含了一条可传送的信息；在传送了信息之后，它们就会变得喑哑贫瘠。他更愿意去追求那些能够诱发幻想和情绪的形式，并借助它们那充满想象力的美使所有的解说都变得真实，但又不以任何解说为准。无疑，批评家的创造性作品和刺激他们去创造的那件作品之间会有某种类同之处，但这种类同不是那种自然和镜子（人们认为风景画家或肖像画家会举着它来映照自然）之间的类同，而是那种自然和装饰艺术家的作品之间的类同。就像在没有花朵的波斯地毯上，实际上却有郁金香和玫瑰在绽放，令人赏心悦目，尽管它们没有用可见的形状和线条再现出来；就像海贝壳的珠灰色和紫色在威尼斯的圣马可教堂中受到模仿；就像孔雀尾巴上的金色、绿色和宝蓝色使拉文纳[1]那座令人赞叹的礼拜堂的拱顶熠熠生辉，尽管朱诺[2]的鸟类并没有飞掠过它。因此，批评家再现他所批评的作品的方式绝对不会是模仿性的，这种方式的部分魅力也许真的就在于对相似性的拒绝。这样一来，它不仅把美所蕴含的意义告诉了我们，还展现了美的奥秘，同时又将各自为政的艺术一并转化成了文字，从而一劳永逸地解决了艺术同一性的问题。

但是我看，该是吃晚餐的时间了。让我们品尝些香贝坦红葡萄酒和少许秧鸡，然后再接下去谈谈当批评家被人看作解说者时所遇到的问题。

欧内斯特：啊！那么你承认了，批评家偶尔也可

---

1 拉文纳（Ravenna），意大利古城，王尔德就读牛津大学时曾经游览过这个城市。

2 朱诺（Juno），古罗马神话主神朱庇特的妻子，孔雀是她的象征物。

以将对象置于其自身之中如实看待。

吉尔伯特：我不太肯定。也许饭后我会承认这一点。晚餐有一种微妙的影响力。

批评家是有个性的解说者

欧内斯特：秧鸡的味道真可口，香贝坦太妙了，现在让我们回到原来的话题吧。

吉尔伯特：哦，别那样做！交谈应该涉及一切话题，而不该集中在一个点上。让我们谈谈"道德义愤：它的起因和治疗方法"，这是我计划中的一个写作主题；或谈谈"瑟赛蒂兹[1]的幸免于难"，就像英国漫画报纸上登载的那样；要么就谈谈随时想到的任何话题。

1　瑟赛蒂兹（Thersites），《伊利亚特》中的士兵，相貌丑陋，喜欢嘲笑人，好争辩，因激怒阿喀琉斯，为阿喀琉斯所杀。

欧内斯特：不，我想讨论批评家和批评。你已经说过了，最高的批评不把艺术视为表现性的，而把它视为纯粹印象性的，因此，最高的批评不但是创造性的，而且是独立自主的。实际上，它自身就是一种艺术。它与创作之间的关系，就像创作与形式和色彩的视觉世界，或与激情和思想的不可视世界之间的关系一样。哦，现在请告诉我，在某些时候，批评家其实不就是个解说者吗？

吉尔伯特：是的，批评家会是个解说者，如果他愿意的话。他可以撇开把艺术作品作为整体来看待的那种综合印象，对作品本身进行分析或揭示，在这个较低级的领域中（我是这么认为的），还是有许多令人愉快的事值得一说或一做的。不过，他要做的事不一定总是解说艺术作品。他也许更愿意去加深它的神秘气氛，围绕着它和它的创作者播撒疑惑的迷雾，那迷雾对神祇和膜拜者来说都同样亲切。寻常百姓在"天国里感到最安逸"。他们打算和诗人们臂挽着臂走在一起，用油腔滑调的无知口吻说："为什么我们非要读那些有关莎士比亚和密尔顿的评论？我们可以直接读他们的戏剧和诗歌，那就足够啦。"但是，正如已故的林肯学院院长[1]曾说的那样，欣赏密尔顿是对炉火纯青的学识的一种酬劳。一个渴望正确了解莎士比亚的人，还必须了解莎士比亚和文艺复兴、宗教改革、伊丽莎白以及詹姆士王朝之间的关系；他必须熟知那些争权之战的历史，它们发生在古老的经典形式和新兴的浪漫主义精神之间，发生在西德尼、丹尼尔和约翰逊[2]诸派之间，发生在马洛一派和他那更了不起的接班人[3]之间。他必须了解莎士比亚手中的素材，以及其处理素材时所运用的手段，16 和 17 世纪戏剧表演的环境，它们所受到的限制和允许它们发挥的空间，莎士比亚时代的文学批评的目的、方式和规则；他必须学习英语语言的发展过程，还有素体诗和韵诗

1　林肯学院是牛津大学下属的一个学院。

2　西德尼（Sir Philip Sidney，1554—1586），英国诗人、廷臣，发表过文学评论《诗辩》；丹尼尔（Samuel Daniel，1562—1619），英国诗人、剧作家，曾获桂冠诗人称号；约翰逊指塞缪尔·约翰逊。

3　指莎士比亚。克里斯托弗·马洛（Christopher Marlowe，1564—1593）是伊丽莎白时期著名剧作家，死于酒馆斗殴，为同时代的莎士比亚让出了发展空间。

的演变情形；他必须学习希腊戏剧，学习阿伽门农的创作者[1]和麦克白的创作者在艺术上的关联。一句话，他必须能把伊丽莎白时期的伦敦和伯里克利时期的雅典联系起来，去认清莎士比亚在欧洲和世界戏剧史上的真正地位。批评家当然是一个解说者，但是他不是会把艺术当作谜一样的斯芬克斯——它那浅显的谜语被那个双脚受伤、不知自己姓名的人[2]猜到并拆穿——来对待。恰恰相反，他将把艺术看作一位女神，强化她的神秘感是他的本职工作，使她在普通人眼里的尊严更崇高是他的专权。

欧内斯特： 古怪就古怪在这儿。批评家的确是一个解说者，但不是那种只会用另一形式简单重复别人让他传达的话的解说者。就像只有通过与外国艺术保持联系，一个国家的艺术才能获得我们称为民族性的个体独立生命；把这一观点来个奇特的倒置，便是只

---

1 指古希腊悲剧作家埃斯库罗斯（Aeschylus）及其剧本《阿伽门农》。
2 指俄狄浦斯（Oedipus）。

有通过强化他自己的个性，批评家才能解释别人的个性和作品，他的这种个性越深入解说，这种解说也就越真实、越令人满意、越具有说服力，而且也更正确。

欧内斯特：我本以为个性会起到干扰作用呢。

吉尔伯特：不，它起到的是启迪的作用。如果你想了解别人，就必须强化自己的个人主义。

欧内斯特：那结果是什么呢？

吉尔伯特：让我来告诉你，也许最好用一个具体的例子来说明问题。在我看来，尽管文学批评家地位最高，他们有较广泛的领域、较开阔的视野和较高贵的素材，但从某种程度上来说，每一种艺术都有一个专门分配给它的批评家。演员是戏剧的批评家。他利用个人独有的手法，在新的环境条件下表现诗人的作品。他领悟了书面文字，然后借助动作、姿势和嗓音来进行表达。歌手以及笛子和弦乐器的演奏者是音乐的批评家。绘画作品的蚀刻者剥夺了作品的美好颜色，但是通过一种新材料，他向我们展示了那作品的真实色彩、品质、格调和价值，以及诸块画之间的关系，因此以他自己的方式，他也就是它的批评家，因为艺术家就是那个借用不同于艺术作品本身的另一形式向我们呈现该作品的人，对一种新材料的运用则是其中既关键又富有创造性的因素。雕塑作品也有它的批评家，他既可能是宝石的雕刻匠，就像希腊时期那样，又可能是像曼特尼亚[1]那样的画家，他试图在画布上重现造型线条之优美和列队式浅浮雕的和谐尊严。在所有这些创造性艺术批评家的情形中，很显然，对任何真正的解说来说，个性都是一个绝对本质的要素。当鲁宾斯坦[2]向我们演奏贝多芬的《热情奏鸣曲》时，他给我们的不仅仅是贝多芬，还有他自己，因此也就把贝多芬充分地给予了我们——以他充沛的艺术天性重新阐释过了的贝多芬，并借一种新鲜强烈的个性使其变得活泼鲜明、精彩非凡。当一

1　曼特尼亚（Andrea Mantegna 1431—1506），意大利画家和雕塑家，擅长透视画法，其著名作品有《恺撒的胜利》和《西布莉祭仪进入罗马》（图 18），这些作品充分体现了他的浮雕式绘画风格。

2　鲁宾斯坦（Anton Rubinstein，1829—1894），俄国钢琴家、作曲家和指挥家。

个伟大的演员表演莎士比亚时，我们会有同样的感受——他自己的个性在诠释过程中变成了一个至关重要的组成部分。人们有时说演员给我们的是他们自己的哈姆雷特，而不是莎士比亚的。这个谬论——因为它是个谬论——我很遗憾地说，被那位迷人优雅的作家重复，他近来用下议院的平静日子取代了文学的骚动生涯。我指的是《附论》的作者[1]。实际上，根本就不存在莎士比亚的哈姆雷特。如果哈姆雷特具有艺术作品的某种明确性，那么他也秉承了生命所具有的全部隐晦。有多少种忧郁，就有多少种哈姆雷特。

欧内斯特：有多少种忧郁，就有多少种哈姆雷特？

吉尔伯特：是的，而且因为艺术来自个性，所以只有在个性面前它才肯展现自己，这两者的结合诞生了健全的诠释性批评。

---

1 指 Augustine Birrell（1850—1933），英国随笔作家和政治家，1889 年进入国会。

欧内斯特：因此，作为解说者的批评家所能给予的不少于他所获得的，他借出的和他借入的一样多？

吉尔伯特：他向我们展示艺术作品时，总会揭示出它和我们时代的某些新联系。他总会不停地提醒我们伟大的艺术作品是有生命的事物——其实，它们是唯一有生命的事物。我敢肯定，他能非常明确地感受到，由于文明的发展，以及我们更为高度地有组织化，每一个时代的精英们，那些富有批评精神和受到良好教育的心灵，将会对现实生活越来越感到厌倦，他们几乎只从那些与艺术有关的事物中寻求印象。因为生活在形式方面是极为欠缺的。它的灾难以错误的方式降临在错误的人群中。它的喜剧中有奇怪的恐怖成分，它的悲剧似乎在笑闹中达到顶点。接近它的人总会受伤。生活中发生的事情要么太冗长，要么就不够。

失败的生活与宝贵的阅读

欧内斯特：可悲的生活！可悲的人生！你难道没有被泪水感动过吗？罗马诗人告诉我们，眼泪是生活本质中的一部分。

吉尔伯特：我怕自己太容易被它们感动了。因为，当一个人回顾那种在情感张力上生动鲜明、充满迷醉和喜悦的炽热时刻的生活时，它完全就像是一个梦或一种幻象。还有什么比那曾经像火一样烧灼一个人的激情更不真实？还有什么比那曾经让人忠实信任过的事更不可置信？什么是不可能的事？一个人亲手做下的事。不，欧内斯特，生活就像一个木偶戏表演者，它利用影子欺骗了我们。我们向它索要欢乐，它把欢乐带给了我们，却又捎上了苦涩和失望。我们遇上过高贵的悲哀，本以为它会为我们的时代增添些悲剧中的紫色[1]尊严，但是它却离开了我们，取而代之的是些不甚高贵的事物。在某个暗淡多风的黎明或有气味的寂静的银色黄昏，我们发现自己用冷淡的疑惑或迟钝的石头心脏注视着那金色斑驳的鬈发，那鬈发我们曾经何等疯狂地膜拜过、亲吻过啊！

欧内斯特：这么说生活是一种失败喽？

吉尔伯特：从美学角度来看，当然如此。从这种美学角度来看，导致生活成为一种失败的祸首，就是那些赋予生活一种猥琐的安全感的东西，就是人们无法如实地重复相同情绪的事实。艺术世界是多么不同！你身后的书架上摆放着《神曲》，我知道，如果我把它翻到某一页，我心中就会充满对某个从未冒犯过我的人的强烈憎恨，或激荡起对某个素昧相识的人的强烈热爱。没有哪一种情绪或激情是艺术所不能给予我们的，那些发现了艺术之谜的人能够预知我们未

---

1 紫色是古代皇家专用颜色。

来的经历。我们可以选择自己的日子和时间。我们可以对自己说："明天，破晓时分，我们将会和神情庄重的维吉尔一起走在死亡阴影下的山谷里。"瞧！黎明在昏暗的树林中发现了我们，曼图亚人[1]正站在我们的身边。我们穿越那传说中远离希望的大门，满怀遗憾和喜悦注视着另一世界里的恐怖。伪君子们走过来，脸上涂着油彩，头戴镀金的铅制风帽。那些贪淫欲者在无休止追赶着他们的风中望着我们，我们看到异教徒在撕扯自己的肉体，暴食者被雨水冲刷着。我们从鹰身女妖所在的树林里折下枯萎的树枝，就在我们面前，那些暗色的毒枝流出红血，痛苦地大声叫嚷、哭泣着。奥德修斯通过火焰之角向我们说话，当伟大的吉伯林[2]从他光辉的坟墓中起身时，那战胜死神之摧残的骄傲刹那间感染了我们。暗紫色的天空中，飞翔着那些用他们的罪行之美玷污着这个世界的人们，在令人恶心的疾病横行的深渊里，患了水肿，

1　即维吉尔，他生于意大利北部城市曼图亚（Mantua）。

2　吉伯林（Ghibelline），中世纪支持皇权、反对教权的政治党人。

身体浮肿得像一把怪异的诗琴的伪币赝造者亚当师傅躺在那里，他请求我们倾听他的苦恼。我们停下来，他用干裂的双唇告诉我们，他是怎样日日夜夜地梦见清澈的小溪沿着凉爽多露的沟渠流下苍翠的卡森蒂诺群山。西农，这个特洛伊城里撒谎的希腊人却在嘲笑他。他揍了西农的脸，两人就此争执不休。我们被他们的丢脸事吸引住了，停滞不前，直到维吉尔开始指责我们，带领我们离开那里并走近那座四周聚满高塔似的巨人的城市，伟大的宁禄在那儿吹响他的猎角。可怕的事情还在等着我们，我们穿着但丁的服饰，以但丁的心灵去会见它们。我们横渡冥河的沼泽，阿根蒂从泥泞的波花中游向小舟。他向我们呼救，我们拒绝了他。我们听到他痛苦的呼喊并因此感到开心，维吉尔也称赞我们刻薄的轻蔑。我们踏在科赛特斯湖 [1] 寒冷的结晶体上，叛国者被固定在其中，就像玻璃制品中的麦秆。我们的脚踢到了博卡的头。他不肯说出他的名字，我们就从那尖叫的头颅上撕扯下一撮撮头

---

1 科赛特斯河（Cocytus），冥河的支流，冰湖。

发。阿尔贝里哥恳求我们敲碎他脸上的冰，这样他就可以哭上一小会儿了。我们向他做了承诺，但在他向我们倾诉了他悲惨的故事之后，我们又食言了，抛下他不管。这种冷酷其实正是符合礼节的，因为还有什么比向上帝的罪人表示怜悯更有失身份的呢？在撒旦的嘴里，我们看见了出卖基督的人和暗杀恺撒的人。我们浑身战栗，走出去再次仰望繁星。

在炼狱之境里，空气较为流畅，圣山高耸，屹立在白天的纯净阳光之中。我们获得了宁静，对因为某种原因居住在那里的人也有一些宁静可言，皮娅夫人从我们面前经过，由于沼泽瘴气的毒害而面色苍白，伊斯梅妮也在那儿，怀着仍旧缠绕她的尘世的哀伤。一个接一个的幽灵让我们与他们分担悔恨或分享喜悦。那由于寡妻的悲恸而得以啜饮苦刑的甜艾酒的人，告诉我们奈娜在她孤单的床上向上帝祈祷，我们从蓬孔特的嘴中得知，一滴眼泪就可能把一个濒死的罪人从撒旦的手中救出。索尔戴洛，那个高贵倨傲的伦巴第人，像一头卧狮那样从远处注视我们。当他得知维吉尔是曼图亚人时，就扑上来紧搂住他的脖子；当他得知维吉尔是罗马的歌手时，就拜倒在他的脚下。在某个山谷里，花草比新破开的翡翠和印度木材更美好，也比猩红和银色更鲜亮，那些唱歌的人在尘世里都是国王，但是哈布斯堡的鲁道夫的嘴唇却不随别人的音乐而动，法国的菲利普捶打自己的胸脯，英国的亨利独自坐着。我们不停地走，攀登上不可思议的天阶，群星看上去比它们通常的尺寸要大，国王们的歌声渐渐变弱。最后我们到达了七棵金树，来到了尘世天堂的花园中。在由格里芬拉牵的战车上，出现一个头戴橄榄枝，脸上围着白色面纱、披着绿色斗篷、身穿烈火色彩长袍的人。古老的激情在我们内心苏醒，我们的血液在可骇的脉搏中加速流淌。我们认出了她。她是贝雅特丽齐，我们膜拜的女人。我们心灵上的冰封开始解冻。悲痛的泪水汹涌地夺眶而出，我们前额触地，因为知道自己是有罪的。当我们结束了忏悔，被净化之后，我们畅饮了忘川之水，又在欧诺埃的泉水中洗浴，我们灵魂的女主人将我们引向天堂。从那颗永恒的珍珠——月亮——上，皮卡尔达·多纳蒂的面孔侧向我们。她的美丽在片刻间扰乱了我们，她像一件沉入水中的事物那样离去，我们渴望的眼睛紧追着她。甜蜜的维纳斯星上住满了情侣。库妮扎在那儿，她是艾兹林的妹妹、索尔戴洛的心上人；佛尔科是普罗旺斯地区热情的歌手，他为阿扎莱而悲痛欲绝，因此抛弃了尘世；还有那个迦南的妓女，基督头一个救赎的就是她的灵魂。佛洛拉的乔瓦基诺站在太阳中，还有阿奎那，在太阳中叙述方济各的故事，以及波拿文彻在叙述多明我的故事。燃烧的火星红宝石中，卡恰圭达在靠近。他告诉我们那射自流亡之弓的箭头，以及别人的面包尝起来有怎样的咸味，外人家的楼梯是多么陡峭。土星上的灵魂不再唱歌，甚至引领我们的她也不敢微笑。一架金梯上，光芒上升、下降。最终，我们看到了神秘玫瑰的盛典。贝雅特丽齐凝视着上帝的面庞，眼珠一转不转。极乐的景象降临，我们知道是爱在推动太阳和星群。

是的，我们可以让地球倒转 600 年，使我们成为那个伟大的佛罗伦萨人的同时代人，和他跪倒在同一座圣坛下，分享他的狂喜和轻蔑。如果我们对古代感到厌倦了，渴望认识当前这个尽情沉浸在颓废和罪孽中的时代，我们没有那类书籍吗？阅读给予我们的那闪光的一个小时，比暗淡生活给予我们的漫长可耻的年月更有价值。你手边就摆着一本小薄册，用尼罗绿的封皮装订着，上面点缀着镀金的睡莲，被坚硬的象牙抖平。那是戈蒂耶热爱的书籍，波德莱尔的杰作。将它翻到那首《哀伤的情歌》[1]，它的起始句是：

> 我可不在乎你怎样聪慧。
> 只要你美丽！尽管你伤心！

于是，你会发现自己崇拜着哀伤，正如你从来没有崇拜过欢愉那样。翻到那首讲述一个人自我折磨的诗歌，让美妙的乐章悄悄占据你的大脑，为你的思考增添色彩，短暂一刻里，你变成了那个写诗的人。不仅如此，不仅仅在一个瞬间，而是在许多个单调的月

1　波德莱尔的《哀伤的情歌》在增补本的《恶之花》中可以看到，该增补本由戈蒂耶作序。这两句诗原文为法文，此处译者引用的是钱春绮先生的译本。

夜和没有阳光的无聊白天里，一种不属于你的绝望在你心中扎根，别人的不幸啮噬着你的心灵。读完整本书，哪怕它对你的灵魂只讲述了它诸多秘密中的一个，你的灵魂也会渴望了解更多，它将把有毒的蜂蜜当作粮食，试图忏悔那些自己没有犯下的陌生罪行，并企望用自己的行动去为那些它一无所知的可怕乐趣赎罪。然后，当你对这些恶之花感到厌倦了，就转向那些生长在潘狄塔 [1] 的花园里的花朵，在它们露湿的花盏中凉却你那发烧的额头，用它们的魅力治愈并恢复你的心灵；或把那个美好的叙利亚人梅利埃格从他被遗忘的坟墓中唤醒，吩咐赫利俄多的情人为你奏乐 [2]，因为他的歌声中也有花朵，那儿有火红的石榴在开花，鸢尾散发着没药的气息，还有黄水仙和深蓝的风信子，以及墨角兰和起皱的牛眼菊。晚间豆田的清香，生长在叙利亚山坡上的气味浓郁的有穗甘松香、

---

1 潘狄塔（Perdita）是莎士比亚戏剧《冬天的故事》里女角色的名字。
2 梅利埃格（Meleager，约公元前 1 世纪），来自叙利亚的诗人和哲学家，用希腊文写作，他的诗选是最早的希腊文诗选之一；他曾为自己写过墓志铭；赫利俄多是他诗歌中的女性。

初生的绿色百里香，酒杯在手的魅力，这一切对他来说都是亲切诱人的。当他的情人走在花园中，她的双足就像百合映衬着百合。她的双唇比沉睡的罂粟花瓣更娇嫩，也比紫罗兰更柔弱，但有着紫罗兰的馥香。火焰般的番红花从草地上探出头来盯着她，纤弱的水仙花为她收集清凉的雨水，银莲花因她而忘掉了西西里风的追逐。无论是番红花、水仙花还是银莲花，都比不上她的美好。

情绪的转移是一件奇怪的事。我们和诗人得了同样的病，歌手把他的痛苦传给了我们。死去的嘴唇也会向我们传递信息，已经埋入尘土的心灵也能传达他们的喜悦。我们跑去亲吻芳汀那流血的嘴唇，跟随曼侬·莱斯科周游世界。提尔人的疯狂之爱和俄瑞斯忒斯的恐惧我们也体会得到。[1] 没有我们体会不到的激情，也没有我们享受不到的欢乐，我们可以挑选开始

---

1 芳汀（Fantine），雨果《悲惨世界》中的人物；曼侬·莱斯科（Manon Lescaut）是法国普莱沃神父（Abbé Prévost, 1697—1763）同名作品中的女主角；俄瑞斯忒斯（Orestes），阿伽门农之子，曾为父报仇，杀了自己的母亲和母亲的情人。

行动的时刻，也可以挑选获得自由的时刻。生活！生活！让我们别为了实现理想或增长经验而生活。生活是一种受到环境遏制的事，它不具备通顺的表达，也不具备形式和精神间微妙的呼应，而那是仅有的能满足艺术和批评气质的事物。它使我们为它的货物支付了过高的代价，我们购买的是它最不值钱的秘密，所支付的价格却是巨额且无限的。

谈艺术之不道德，兼谈无所事事的重要性

欧内斯特：我们应该到艺术那里去寻找一切吗？

吉尔伯特：是的，一切。因为艺术不会伤害我们。我们在一出戏剧中流下的眼泪是一种优雅而无实际意义的情绪，艺术的作用就是唤醒它。我们哭泣，但是不会受伤。我们伤心，但是我们的哀伤不是痛苦的。在人们的真实生活中，正如斯宾诺莎在某处所说，悲伤是通往较次完美的途径。然而，如果我可以再次引用伟大的希腊艺术批评家的话，我会说艺术为我们添加的悲伤起到的是净化和激发的作用。正是通过艺术，也只有通过艺术，我们才能够实现自己的完美；通过并只有通过艺术，我们才能够保卫自己远离

现实存在的龌龊险境。这种结果不仅仅是由于这样的事实，即人所能想象到的事情都不值得一做，以及人们可以想象到任何事情，而且还可以从一条微妙的法则中找到根据，即情感力量和体能一样，在广度和量度上都是受到限制的。人能感受到这么多东西，不过也就到此为止。如果在那些不存在的人物的生活情境中，一个人能发现快乐的真正奥秘，并为那些永不会死的人（比如考狄利娅，还有博拉本修的女儿[1]）的死亡落泪，那么生活用来引诱人的种种乐趣和用来摧残灵魂的种种痛苦又算得上什么呢？

欧内斯特：停一下。在我听来，你刚才提到的一切事物在本质上都有某种不道德的东西存在。

吉尔伯特：所有的艺术都是不道德的。

欧内斯特：所有的艺术？

吉尔伯特：是的。因为，为情感而情感是艺术的目的，为行动而情感是生活的目的，也就是那个我们

1　考狄利娅是《李尔王》中李尔王的小女儿；博拉本修的女儿即《奥赛罗》中的苔丝狄梦娜。

称为"社会"的生活的实践组织的目的。社会是道德的起点和基础，它的存在只是为了集中人类能量，为了保障它的持续性和良性稳定，它要求（这种要求无疑是恰当的）它的每一个公民都要为公共福利贡献某种形式的生产劳动力，并从事日常工作所需要的辛苦劳作。社会常常宽宥罪犯，但从不原谅梦想家。艺术在我们心中激起的美好而无现实意义的情感在它眼中是可恨的，人们完全被这种可怕的社会理想的专制主宰了，总是会不知羞耻地跑去问绘画预展和其他对公众开放的场所里的人，声音洪亮地嚷嚷："您在干什么？"尽管"您在想什么？"才是每个受过教育的个人应该向别人轻声道出的唯一问题。无疑，他们用意良好，这些诚实的喜气洋洋的乡亲们。也许这就是他们会变得如此乏味的原因。可是应该有人教会他们，尽管从社会的观点来看，沉思是任何公民都可能犯下的最严重的罪行，但是从最高文明的角度来看，它是人类的适当职业。

欧内斯特：沉思？

吉尔伯特：沉思。不久前我曾跟你说过，说一件事比做一件事要难得多。现在让我告诉你，无所事事才是这个世界上最难的事，最难也是最富有智性的事。对热爱智慧的柏拉图来说，这是活力的最高贵的形式；对热爱知识的亚里士多德而言，这也是活力的最高贵的形式。对神圣事物的激情把中世纪的圣徒和神秘主义者也引向了这条道路。

欧内斯特：我们存在，然后，无所事事？

吉尔伯特：上帝的选民活着就是为了无所事事。行动是受限制的、相对的。而那个悠然自得地闲坐并观察的人、那个独自漫游并梦想的人的幻想则是无限的、绝对的。然而，我们这些生于这个精彩时代的末期的人，太有教养也太审慎了，太机警也太热衷于精致的乐趣了，以致我们无法放弃生活本身而去接受有关生活的遐想。对我们而言，"città divina"[1] 是无色彩

---

1 città divina，拉丁文，天上之城，疑指神学家奥古斯丁（Aurelius Augustine of Hippo，354—430）的神学观点。奥古斯丁在神学著作《上帝之城》中阐述了"地上之城"和"天上之城"的概念，他认为地上之城因为不敬事上帝而终将衰弱，天上之城则以神爱为本而必将永存。

的，"fruition Dei"[1] 是无意义的。纯粹哲学不合我们的胃口，宗教狂喜已经过时。经院哲学家借以成为"一切时代和一切存在的观察者"的那个世界其实并不理想，它仅仅是一个抽象理念的世界。一旦我们走进它，就会在寒冷的数学思维中饿死。此刻，上帝之城的法院并不对我们开放，它的大门由无知看守，要想通过它，我们必须交出自己天性中最神圣的一切。我们的宗教之父们已经相信得够多了，他们已经耗尽了人类的信仰能力，留给我们的是他们所害怕的怀疑主义。如果他们把这种怀疑主义用语言表达出来，它可能就不会以思想的形式存在于我们心中了。不，欧内斯特，不。我们不可能回到圣徒时代，从不信神的人那儿我们能学到的东西更多；我们不可能回到哲学家那里，神秘主义者也只能将我们引入歧途。像佩特先生在某处说过的那样，谁会用一片玫瑰叶子的曲线去

---

1 fruition Dei，拉丁文，直译是"……之享乐"，这个概念出自神学家阿奎那（St. Thomas Aquinas，1225—1274）之口，大意为"因体会到上帝的神性而享有乐趣"，有人译作"享有上帝"。阿奎那认为 fruition Dei 是人的最终目的。

交换柏拉图高度评价过的那种无定形的、难以明了的存在呢？斐洛的启迪、埃克哈特的深渊、伯麦的幻象、司韦登伯格失明的眼中展现出来的怪诞天堂[1]，这些对我们又算得上什么呢？它们还比不上田野上一朵黄水仙的黄色喇叭形花盏，更比不上视觉艺术中最平庸的形式，因为，就像大自然是试图闯入心灵的物质那样，艺术是在物质条件下自我表达的心灵。因此，哪怕是在她最低级的表现形式中，她也一样是在与意识和灵魂交流。含糊始终被美学气质排斥。希腊是艺术家的民族，因为他们没有不确定的意识。就像亚里士多德，像读过康德后的歌德，我们期望具体的东西，除了具体没有任何东西能满足我们。

欧内斯特： 那么，你打算建议些什么？

1　斐洛（Philo Judaeus，公元前20？—公元50？），基督教神学先驱，犹太哲学、阿拉伯哲学和基督教哲学的奠基人；埃克哈特（Johannes Eckhart，1260—1327），德国神秘主义神学家；伯麦（Jakob Böhme，1575—1624），德国神秘主义哲学家；司韦登伯格（Emanuel Swedenborg，1688—1772），瑞典科学家、神秘主义者和宗教哲学家。

吉尔伯特：在我看来，随着批评精神的发展，我们不仅应该能够认识自己的生活，也应该能够认识种族的集体生活，从而使我们彻底现代化。那种认为当下时刻就是唯一存在的人，对他所处的时代其实是一无所知的。要想认识 19 世纪，就必须认识在它之前的对它的发展有贡献的每一个世纪；要想了解自己，首先要全面地了解别人。不存在没法让人产生同感的情绪，也不存在没法使之活跃起来的呆板生活模式。不可能吗？我不这样认为。只要能揭示出所有行为的结构原理，我们就可以从道德责任的那种自我强加的束缚下解脱出来，遗传学的科学原理在某种程度上已经证明了冥想生活的合理。它已经向我们展示了，我们最不自由的时候就是当我们试图有所行动的时候。它用猎人的捕兽网套住了我们，在墙上写下了昭示我们厄运的预言。我们或许无法监视它，因为它隐藏在我们心中；我们也许没法看见它，除非是在一面映照灵魂的镜子中。它是没有戴面具的复仇女神，是命运三女神中的最后一个，也是最可怕的一个。诸神之中，它是我们唯一知道真名的神。

然而，在实际和外部生活中，它掠夺了自身的自由和选择的活力，在灵魂起作用的主观范畴里，向我们走来。这可怕的阴影，手中拿着许多礼物，奇怪的性情和细微的感受力，狂野的热情和寒冷的漠然，复杂纷繁的思想呈现着变化多端的形式，还有自我矛盾的激情。因此，我们不是在经历自己的生命，而是在经历死者的生命，我们体内的灵魂不是那种单一的精神实体——那种使我们个人化和单独化，为了服务我们而被创造出来，并为了我们的欢愉而来到我们体内的精神实体。它是那种住在可怕的地方，以古代坟墓为家的东西。它疾病缠身，有着离奇罪恶的记忆。它比我们更聪明，它的智慧也比我们的智慧更刻薄。它使我们充满不可能实现的欲望，令我们追随自知无法得到的东西。欧内斯特，不过有一件事它可以为我们效劳。它可以把我们领出我们身处的环境，这环境的美丽因为熟谙所带来的迷雾而变得暗淡，这环境不体面的丑陋和卑鄙主张正在损害我们完善中的发展。它能够帮我们脱离我们出生的时代，到别的时代中去，而且让我们发现自己并没有被放逐出那些时代的天空。它能够告诉我们怎样逃离自己的经验，去体会那些比我们更伟大的人的经验。莱奥帕尔迪[1]抱怨生活时的那种痛苦变成了我们的痛苦；忒奥克里托斯[2]吹响他的笛子，我们用山林水泽仙女和牧羊人的嘴唇发出笑声。我们披着皮埃尔·维达尔[3]的狼皮在猎犬前奔跑，穿戴着兰斯洛特[4]的盔甲驱马离开王后的寝宫。我们在阿贝拉尔[5]的斗篷下私语爱的秘密，穿着维庸[6]污秽的服饰把我们的羞耻写进诗歌。我们

---

1 莱奥帕尔迪（Giacomo Leopardi，1798—1837），意大利诗人、哲学家，思想悲观。

2 忒奥克里托斯（Theocritus，公元前310？—公元前250？），古希腊诗人，始创田园诗，对维吉尔影响很大。

3 皮埃尔·维达尔（Pierre Vidal），法国普罗旺斯人，行吟歌手，曾写过有关狼的诗歌。

4 兰斯洛特（Lancelot），《亚瑟王传奇》中的圆桌骑士之一，他爱上了亚瑟王的王后。

5 阿贝拉尔（Peter Abelard，1079—1144），法国逻辑学家和神学家，和修女海萝丽丝相爱。

6 维庸（Francois Villon，1431—1463？），法国诗人，生活方式放荡不羁，多次遭监禁和放逐，最后在放逐中失去下落，生死不明。

可以用雪莱的眼睛去看黎明。当我们和恩底弥翁[1]一起漫步时，月亮也爱上了我们的青春。阿提斯[2]的痛苦就是我们的痛苦。那个丹麦人[3]软弱的愤怒和高贵的悲哀也就是我们的愤怒和悲哀。你认为是想象力使我们能够经历这些不可计数的生命吗？是的，是想象力，而想象力则是遗传的结果。那完全是浓缩的种族经验。

欧内斯特：但是在这之中，批评精神起到了什么作用呢？

吉尔伯特：这种种族经验的传递使文化成为可能，仅凭批判精神就能使之完善，而且事实上可以说，它与批评精神是一体的。对那种内心承载着无数代人的梦想、主张和感受的人而言，没有一种思想形式是异质的，没有一种情绪冲动是模糊的，除了他以

1　恩底弥翁（Endymion），古希腊神话中的月神，济慈曾写过长诗《恩底弥翁》。

2　阿提斯（Atys）是法国作曲家 Jean-Baptiste Lully（1632—1687）同名歌剧中的人物，小亚细亚古国佛里吉亚的国王。

3　指哈姆雷特。

外还有谁会是真正的批评家？真正的文化人不就是那种人？他因渊博的学识和挑剔的品位而使天性达到自觉和智性；他能够区分杰出和平庸的作品，通过联系和比较掌握风格与流派之奥秘；他理解它们的含义，倾听它们的声音，并发展那种无私的好奇精神（它是智性生活的真正的根和花），从而获得智性的澄澈；他已学到"这世间为人所知所想的事物中最好的那部分"，并和那些不朽的人生活在一起——这样说并非出于空想。

是的，欧内斯特，冥想的生活，这种生活的目的不是"去做"（doing）而是"去存在"（being），而且不仅仅是"去存在"，还要"去成为"（becoming）——那就是批评精神能给予我们的。诸神要么像亚里士多德告诉我们的那样，过着为自身的完善而沉思冥想的生活，要么像伊壁鸠鲁所幻想的那样，以观众那冷静的目光观察着发生在这个世界上的、由他们一手创造的悲喜剧。我们也可以像他们一样生活，让自己以适宜的心情观看那些由人和自然所提供的千姿百态的场景。我们可以通过远离行动的方式来达到精神化，以拒绝活力的方式来抵达完美。我常觉得布朗宁对这种生活有所体会，莎士比亚把哈姆雷特推向积极的生活，让他通过努力来实现自身的使命，布朗宁也许会给我们一个借助思想来实现使命的哈姆雷特。日常小事和历史事件对他来说都是虚幻且无意义的。他让灵魂充当生活悲剧中的主角，视行动为戏剧中毫无戏剧性的因素。无论如何，对我们来说冥想的生活是真正的理想。从思想的高塔上我们可以俯视世界。美学批评家以冷静、自我中心、完美的态度沉思着生活，那些胡乱投来的箭羽将不可能射中他甲胄的接合处，他至少是安全的，他知道该怎样生活。

这种方式的生活是不道德的？是的，所有的艺术都是不道德的，除了那些色情和说教艺术的低级形式，它们试图激起邪恶行动或善举。因为一切行动都属于道德的范畴。而艺术的目的只是想引发一种情绪。这种生活方式是不切实际的？啊！要做到不切实际并不像无知的俗人想象得那么容易。如果真那么容易，对英国倒是件幸事了。在这个世界上，没有哪个国家比我们国家更需要不切实际的人了。由于和实际生活长期结盟，与我们为伍的思想也退化了。那种在现实生活的重压和纷乱中行进的人、聒噪的政客、喧嚷的社会改革者，或可怜的思想狭隘的牧师，他决心为之服务的那部分在社会中毫无重要性的人的苦难蒙蔽了他的双眼，这些人能够认真地宣称他可以就任何一件事做出无私的智性判断吗？每种职业都意味着一种偏见，对职业的需求强迫每个人有所偏袒。我们生活的时代里，人们工作过度，却受不到足够的教育，这个时代中的人们因勤勉过头而变得极端愚蠢。而且，尽管听起来也许有些刺耳，但我不得不说：这样的人只配这样的厄运。对生活一无所知的可靠方法是努力让自己成为有用的人。

人类的真正理想与终极艺术

欧内斯特：一种迷人的教义，吉尔伯特。

吉尔伯特：是不是迷人的教义我不敢肯定，但是它至少具有某种微不足道的优点，就是真实。善待他人的欲望造就了大批的道学家，而这还是它所引起的邪恶中最轻微的一种。道学家是一种很有趣的心理研究对象，而且尽管在所有的姿态中，道德姿态是最恶心的一种，但有一种姿态到底也比没有强。它正式承认了以一种明确理性的态度对待生活的重要性。人道主义的同情心通过维护那些失败者的生存来与自然法则作战，科学家或许会憎恨这种浅薄的美德，政治经济学家也许会疾声反对它将无远见者和有远见者同等对待，从而掠夺了最强者的生活，因为极度的贪婪能刺激工业发展。但是在思想家的眼中，感性同情心的真正害处是它限制了知识，因此阻碍了我们去解决任一社会问题。我们目前企图通过救济金和施舍物来逃避即将到来的危机，即我那些费边主义朋友们所谓的即将到来的革命。哦，当革命或危机降临时，我们将会因无知而束手无策。因此，欧内斯特，别让我们受骗。直到乌托邦成为英国的领土，她才会是文明的国度。为了获得那样一块美好的土地，她手中有不止一块殖民地可以拿去做这笔有利可图的交换。我们需要的是能超越眼前和当下时代的不切实际的人。那些企图领导人们的人只能以跟随暴民的方式来实现他们的目的。只有借助一个人在荒野中呼唤的声音，诸神的道路才能够呈现出来。但是，也许你会认为纯粹为了观看的乐趣而观看，为沉思而沉思，这似乎有点自我中心主义了。如果你那么想的话，请别那么说。为了神化自我牺牲，需要经历一个彻头彻尾的自私时代，就像我们所处的时代。为了使美妙的智性美德超越那种谋求自身实际利益的浅薄的情绪化美德，需要经历一个彻头彻尾的贪婪时代，正如我们所生活的时代。我们时代的这些慈善家和伤感主义者，他们总是喋喋不休地提醒他人对邻居所应负的责任，可惜他们定错了自己的目标。因为种族的发展依靠的是个人的发展，一旦自我修养不再是一种理想，智性标准随即就会有所降低，而且往往最后干脆就销声匿迹了。如果你在餐桌上能遇见一个终身致力于自我教育的人——我承认这种人在我们时代里是罕见的，但偶尔还是能遇上一个——你从桌边站起时，就比以前更富有了，你意识到一种高尚的理想在那片刻中接触并净化了你的时代。但是，哦！我亲爱的欧内斯特，如果坐在一个终身致力于教育他人的家伙身边，那是多么可怕的遭遇！无知是好为人师这种不可挽救的癖性的不可避免的结果，它是多么令人恐怖！人的头脑容积原来是如此有限！它那无止境的反复和病态的重申，让我们肯定也让它自己无比厌倦！它在智力发展的各要素上是那么欠缺！它是在怎样一种堕落的循环中运动！

欧内斯特：你说话时情绪很反常，吉尔伯特。你最近遇上过你所形容的这种可怕的事吗？

吉尔伯特：几乎没人逃得过。人们说中小学教师很离谱。但愿如此[1]。毕竟他只是那种典型中的一个，而且显然是最不重要的一个，但是在我看来，那种典型其实正主宰着我们的生活，正如慈善家是道德领域内的讨厌鬼，知识阶层中的讨厌鬼就是那种全心全意地试图教育别人以致没有时间教育自己的人。的确，欧内斯特，自我修养是人类的真正理想。歌德看出了这一点，给予我们的直接恩惠超过了自希腊以来的所有人。希腊人看出了这一点，作为留给近代思想的遗产，把冥想生活的概念和批评方法留给了我们，我们哪怕只依靠后者，也足以真正地认识生活。文艺复兴之所以伟大，就是由于自我修养，它还把人文主义留给了我们。它也是能让我们自己的时代伟大起来的事物，因为英国的真正弱点不在于不够完备的军队或没有防御的海岸，也不在于蔓延在阴暗小街中的贫穷，或在令人憎恶的大院里争执不休的醉汉，而仅仅在于

---

1 离谱（abroad）又有"远在国外"的意思，所以王尔德说"但愿如此"。

一个事实，她的理想是感性的而不是智性的。

我并不否认智性理想是难于达到的，更不会否认它是——或许在未来好些年里都是——不受大众欢迎的。让人们同情苦难是多么容易，让他们同情思想是多么困难。事实上，普通人对什么是真正的思想一无所知，他们似乎认为当说一种理论危险的时候，已经宣告了它的有罪；然而，只有那种理论才具有真正的智性价值。一种不危险的思想根本就不配被称为思想。

欧内斯特：吉尔伯特，你把我搞糊涂了。你说过所有的艺术就其本质而言都是不道德的。你现在是不是想告诉我，所有的思想就其本质而言都是危险的？

吉尔伯特：是的，实践中就是这么回事。社会的保障依靠习俗和无意识的本能，社会的稳定基础——就像一个健康的有机体——是它的成员在知识方面的绝对欠缺。绝大多数人非常明白这一点，很自然地选择了那个让他们与机器相媲美的辉煌制度。他们如此激烈地反对智性才能对任何涉及生活的问题的侵扰，以至于我想把人定义为这样一种理性动物 [1]，一旦我们要求他遵从理性指令，他就会大发雷霆。但是让我们别再考虑实践范围内的事，别再提那些害人的慈善家了，真应该把他们留给黄河边的圣人——那个长着杏仁眼的智者庄子去料理，他曾论证过，那些出于善意喜欢冒犯人的多事之徒毁坏了人内在的简朴自发的美德。这些话题真让人厌倦，我急着想回到那个能让批评无拘无束的领域中去。

欧内斯特：智性的领域？

吉尔伯特：是的。你该记得我说过，批评家以自己的方式和艺术家一样富有创造力，后者作品的价值其实也许只在于给批评家提供启示，批评家可以用同样甚至更伟大的独特形式来体现那种启示所带来的新思想状态和感受，并通过一种新颖的表达方式使它们具有别样的美丽，也更完美。哦，看上去你对我的理论有点怀疑，但是也许我错怪了你。

---

1 "人是一种理性的动物"（Man is a rational animal），是亚里士多德的名言。

欧内斯特： 我不是真的怀疑它，但是我必须承认，我很强烈地感到，你形容的批评家所创作的那种作品——无疑，必须承认那种作品是创造性的——势必是纯粹主观的；然而，最伟大的作品总是客观的，客观且不受个人观念影响的。

吉尔伯特： 客观和主观作品之间的不同仅仅是外在形式的不同。这种不同是偶然性的，而不是本质性的。所有的艺术创作都是绝对主观的。柯罗所看到的风景，就像他亲口说过的那样，只不过是他自己的一种心绪状态而已；那些希腊或英国戏剧中的伟大形象，在我们看来除了构思和塑造他们的诗人之外似乎还确有其人，但追根究底地分析下去，他们只是那些诗人自己，不是他们在想象中认同的自己，而是他们在想象中否认的自己，奇怪的风格跟随那样的想象而来，尽管只不过是瞬间的事，却是真有其事。因为我们永远无法超越自身，而且创造者不具备的品质也不会在创作中出现。不仅如此，我认为一个作品看起来越客观，其实也就越主观。莎士比亚可能在伦敦的白色街道上遇见过罗森克兰茨和吉尔登斯特恩[1]，或在露天广场上看见敌对家族的仆人们咬着大拇指[2]挑衅；但是哈姆雷特出自他的灵魂，罗密欧则来自他的激情。他们是他本性中的成分，被他赋予了视觉形式；他们是他内心激烈搅拌着的冲动，他不得不任凭他们去发挥自己的能力，这可以说是必然的，但不是在现实生活的低级层面——在那里他们将受到拘束和压制并因此无法有所实现，而是在艺术的想象层面——在那里爱最终会在死亡那儿实现它的完满，在那里一个人可以刺死帷帐后的偷听者，在新修的坟墓中扭斗，让一个有罪的国王饮下自己酿造的苦酒，还可以在月光的瞥视下，看见某人父亲的幽灵浑身披挂地在雾气笼罩的城墙间行走。行动一旦受到限制，莎士比亚就会感到不满足和无从表达。而且，正因为无所事事他才能够做到这一切，所以正因为他从不在戏剧中

1　这两个人物出自《哈姆雷特》。
2　向对方咬大拇指在西方某些国家是挑衅的意思。该场景见《罗密欧与朱丽叶》第一幕。

谈及自己，他的戏剧才能够向我们彻底揭示他，他的戏剧远比那些奇特精致的十四行诗更能全面地昭示他真正的本性和气质，尽管在十四行诗中他也向那些目光清澈的读者呈现了他内心的隐秘储藏。是的，客观形式在内容上却是最主观的。人在坦诚相见时最习惯伪装自己。给他一个面具，他就会对你说真话。

欧内斯特： 这么说，限于主观形式，批评家必然比艺术家更难以充分地表达自己，后者处理的形式总是不受个人影响的、客观的。

吉尔伯特： 未必，如果他认识到，每一种批评形式在其最高境界中指的都只是一种情绪，而且只有当我们自相矛盾时才是最忠于自己的，事情就根本不会是那样的了。在所有的事情上，美学批评家只和美的法则保持一致，他将不断地寻求崭新的印象，从各种各样的流派中解开它们的魅力之谜，或许他会在外邦的圣坛前顶礼膜拜，如果乐意的话，也会对陌生的新神微笑。他人所提及的某人的过去无疑只和他人有关，而和某人自己毫无关系。一个留恋自己过去的人不配拥有未来；一个人发现了对某种情绪的表达时，他已经完成了这种表达。你在笑，但是请相信我，就是这么回事。昨天是现实主义迷住了人们。他们从它那里获得了那种它力求表现的新奇的兴奋。他们分析它、解释它，最终厌倦了它。日落时分，绘画中的光线派（Luministe）出现了，还有诗歌中的象征主义（Symboliste），以及中世纪精神，那精神不属于时代而属于气质，它突然在伤后的俄国苏醒了，曾一度用那痛苦所包含的骇人魔力刺激了我们。今天的哭声是为了浪漫主义，山谷中的叶子已在战栗，美用那纤细的金色双足漫步在紫色的山巅上。当然，旧有形式的创作仍在逗留。艺术家在乏味地重复自己或彼此模仿。但是批评始终在前进，批评家永远在发展之中。

再说，批评家也不是真的只局限于主观形式的表达，戏剧和早期叙事诗的手法都为他所用。他可以运用对话，就像他曾令密尔顿和马维尔[1]谈论悲剧和喜

<hr />

1　马维尔（Andrew Marvell，1621—1678），英国诗人、议员，玄学派代表人物之一。

剧的本性，让西德尼和布鲁克勋爵[1]在潘舍斯特的橡树下探讨文学那样，要么采用叙述，佩特先生热衷于此，在空想的花哨伪装下，他的每一幅虚构肖像——这不就是那本书[2]的名字吗？——都向我们展示了一段细致优美的批评，一幅是关于画家华托[3]的，另一幅是关于斯宾诺莎的哲学的，第三幅描述的是早期文艺复兴的异教成分，最后一幅从某些方面来说最具有启发意义，它是关于启蒙主义的渊源的，启蒙主义于上世纪（18世纪）诞生于德国，我们的文化从中获益极大。对话这种绝妙的文学形式，从柏拉图流传到卢奇安，从卢奇安流传到乔丹诺·布鲁诺，从布鲁诺流传到那个让卡莱尔大乐的伟大的老异教徒，一向为全世界富有创造性的批评家们所采用，作为一种表达方式，它当然永远都不会对思考者失去吸引力。他可以运用这种手法展现和隐藏自身，并给每一种幻想以

---

1 布鲁克勋爵（Lord Brooke, 1554—1628），英国作家、政治家。

2 指佩特的美学著作《虚构肖像》（*Imaginary Portraits*）。

3 华托（Jean-Antoine Watteau, 1684—1721），法国洛可可（Rococo）派画家。

形式，给每一种情绪以实体。他还可以运用这种手法从各种角度呈现客观对象，使我们看见它的全貌，就像雕塑家向我们展示事物那样。通过这种方式他可以获得更完满和更真实的效果，而这效果则来自中心思想在发展中突然引发的那些枝节问题，这种枝节反过来又有助于更全面地阐明中心思想，要么，这种效果就来自那些妥帖的事后思考，这种思考进一步完善了中心方案，同时还传达了偶然性的微妙魅力。

欧内斯特：运用这种手法，他还可以创造一个假想敌，如果愿意的话，还可以用某些荒谬的诡辩去说服他。

吉尔伯特：啊！改变他人太容易了。改变自己才是困难的。要想说服自己真的相信某些东西，一个人必须借用别人的嘴说话；为了认识真理，一个人必须想象出难以计数的假象。到底什么才是真理呢？就信仰而言，真理只是在争辩中幸存下来的观点；就科学而言，它是终极的感觉；就艺术而言，它是一个人最近的心绪。现在你看，欧内斯特，批评家所能处理的客观表达形式和艺术家一样多。拉斯金利用富有想象力的散文从事批评，坦然面对自己的反复无常和自相矛盾；布朗宁通过无韵诗进行批评，迫使画家和诗人向我们坦白他们的秘密；勒南先生通过他的对话；佩特先生则通过小说；罗塞蒂将乔尔乔涅的色彩和安格尔[1]的构图，还有他自己的构图和色彩都转化成了十四行诗中的乐感，作为一个拥有众多表达手段的人，他运用他的天分感受到，终极艺术是文学，最优美和最完善的媒介是词语媒介。

1　安格尔（Jean Auguste Dominique Ingres，1780—1864），法国画家，古典主义画派的最后代表者，名作有《泉》和《浴女》。

如何成为一名批评家

欧内斯特：哦，既然你已论证了批评家可以处理所有的客观形式，我希望你能够告诉我，一个真正的批评家应该具备怎样的品质。

吉尔伯特：你认为他们应该是怎样的呢？

欧内斯特：嗯，我认为一个批评家应该做到公正超然。

吉尔伯特：哦！不是这么回事。一个批评家不可能做到通常意义上的公正。一个人只有在对事情不感兴趣时，才能给出真正无偏见的意见。无疑，这就是为什么无偏见的意见总是毫无价值的。一个一分为二看待问题的人，就是一个什么也看不见的人。艺术是一种激情，而且在艺术中，思想不可避免地带有感情色彩，因此，常处于变动之中而并非固定不变，它依赖细腻的情绪和微妙的瞬间，不可能受限于僵化的科学公式或神学教义。艺术向灵魂倾诉，而灵魂可能会变成头脑的俘虏，也可能是身体的俘虏。一个人当然不应该有偏见，不过，就像一位伟大的法国人在一百年前说的那样，个人喜好是一个人自己的权利，可是当一个人有了个人喜好，他也就不再有公正可言了。只有拍卖商才会公平无私地赞美所有的艺术流派。哦，公正也不是一个真正批评家应当具备的品质。它甚至不是批评的前提。我们所接触的每一种形式的艺术都会排他性地暂时吸引住我们。如果我们想获取它的奥秘的话，必须完全地倾倒在这件作品的脚下——无论它是哪一类作品。我们必须暂时不想其他任何事，其实，也无法再想其他任何事。

欧内斯特：无论如何，一个真正的批评家将会是理性的，不是吗？

吉尔伯特：理性？欧内斯特，有两种讨厌艺术的方式，一种是讨厌它，另一种是以理性的态度喜欢它。柏拉图曾不无遗憾地注意到，艺术在听众和观众中激发了一种如痴如醉的疯狂。它不来自灵感，却为他人带来了灵感。理智不是它所要召唤的官能感觉。如果一个人真的热爱艺术，他必须爱它胜过这世间的一切事，而理智，如果听从它的话，它就会大声疾呼着反对那种热爱。在对美的膜拜中没有心智健全可言。这种崇拜太辉煌了，以致不可能保持正常的心态。那些生命为它所控制的人，在世人眼中全都是彻头彻尾的空想家。

欧内斯特：哦，至少批评家应该是真诚的。

吉尔伯特：少量的真诚是危险的，大量的真诚则绝对是毁灭性的。其实，真正的批评家对美之法则的热爱永远是真诚的，但他要在所有时代的所有流派中寻找美，而永远不会让自己局限于任何既定的思想习俗或刻板地看待事物的方式。他会在许多形式中实现自我，借助一千种不同的方式，将永远对崭新的感觉和新颖的观点怀有好奇之心。通过不断地变化，也只有通过不断地变化，他才能找到真正的内在统一。他不会允许自己成为自身观点的奴隶。在智性领域内，心智除了是一种运动之外还会是什么？思想的本质就像生命的本质一样，是一个生长过程。欧内斯特，别被言语吓倒。人们所谓的不真诚，其实仅仅是一种用来增加自己人格的手段。

欧内斯特：恐怕我刚才提出的见解都不太走运。

吉尔伯特：在你刚才提到的三种品质中，真诚和公正这两种品质如果不完全属于道德体系，至少也和道德打了擦边球，而批评的先决条件就是，批评家应该认识到艺术和伦理是两个截然不同而且各自独立的范畴。这两者被混淆时，就会再次出现混乱。在当前的英国，它们经常被混淆，而且，尽管我们现在的清教徒没办法去破坏一种美好的事物，但是在那种异乎寻常的癖好下，他们一度几乎玷污了它。我很遗憾地说，这些人主要是通过新闻界找到了表达的机会。我之所以感到遗憾，是因为我本来对新闻界有许多赞美之词。它把那些未受教育者的观点告诉了我们，使我们了解到社会中愚昧的一面；它详细记录了当前生活中的最新事件，向我们展示了这些事件其实是多么微不足道；它无休止地讨论那些无关紧要的事，使我们明白什么样的东西才是文化所需要的，什么样的则不是。但是它不该允许猥琐的答尔丢夫[1]去写有关现代艺术的文章，当它这么做的时候，就使自己变得很蠢。不过，答尔丢夫的文章和查德本[2]的随笔至少也做了件好事，它们可以用来告诉大家，伦理和道德因素所能施加影响的范围是何等狭窄。科学不在道德范围内，因为她的眼睛注视的是永恒真理；艺术不在道德范围内，因为她的眼睛注视的是美丽、不朽且永在变化中的事物。道德所管辖的是低级和比较愚昧的领域。不过，还是放过这些大话连篇的清教徒吧，他们也有喜剧性的一面。当一位平庸的记者严肃地提出建议要求限制艺术家手中的题材时，谁会觉得不好笑呢？政府也许会妥善地制定出某种针对我们的报纸和报纸作家的限制性规定——我希望能快点，因为他们把生活中那些赤裸的、龌龊的、令人作呕的事实端

1　答尔丢夫（Tartuffe），莫里哀的《伪君子》中的伪君子。

2　查德本（Chadband），狄更斯小说《荒凉山庄》（*Bleak House*）中的人物。

给了我们，他们怀着可耻的十足劲头编录着二流人物的罪行，禀承着文盲的责任心，告诉我们那些毫无影响力之辈的确切的日常细节。可是艺术家，他接受生活中的事实，然后把它们转化成美的形体，让它们去传达怜悯或敬畏的心情，他展现它们的色彩要素、它们的奇迹，还有它们真正的伦理意义，用它们去创造一个比现实本身更真实的世界，并且具有更崇高也更高贵的含义——谁该对他提出限制呢？不会是新兴新闻业的传道者们，那种新闻业只是老式脏话的扩大版；也不会是新派清教徒主义的传道者们，那种主义只是伪君子们的哀鸣，无论是书面还是口头表达的水平都很低劣，仅仅作为建议来看就已经很荒谬可笑了。让我们撇下这些讨厌的家伙，继续讨论一个真正批评家所应该具备的艺术素质吧。

欧内斯特：他们该是怎样的人？告诉我你自己的意见吧。

吉尔伯特：批评家首先要具备气质——一种对美和美留给我们的各种印象极度敏感的气质。我们现在所要谈的，不是这种气质在何种情形下通过何种方式出现在种族或个人身上。只要我们知道它的存在就已经足够了，在我们心中有一种对美的感知能力，它独立于其他官能而且比它们更高超。它和理智不同，因为它具有更高贵的含义；它和灵魂也有区别，但具有相同的价值——这种感知能力引导一些人去创作，让另外的人——我认为是那些更美妙的心灵——沉浸于纯粹的冥想，能意识到这些就足够了。但是为了获得净化和完善，这种感知力需要某种形式的高雅环境。没有这种环境，它就会忍饥挨饿，并日益迟钝。你该记得那段可爱的文字[1]，其中柏拉图谈到一个年轻的希腊人该怎样接受教育，他是怎样坚持详细描述环境的重要性，并告诉我们一个小伙子是怎样在良好的视野和音乐中长大，物质之美可以让他的心灵对精神之美做好准备。不知不觉且不明原因地，他就养成了对美的真爱，柏拉图孜孜不倦地提醒我们，这种对美的真爱才是教育的真正目的。潜移默化地，一种

1　指柏拉图的《理想国》，见《理想国》第一卷中有关青少年培养的段落。

气质就会在他的心中形成，它将引导他简单自然地摒弃坏的、选择好的，拒绝粗俗不和谐的事物，并通过微妙的直觉品位追随一切优雅、迷人、可爱的事物。按照预期的发展，这种品位最终将会是批评性的、自觉的，但是在最初，它完全是一种需要培植的直觉，"获得这种真正的精神文化养育的人，将会以清澈明确的目光察觉艺术或自然中的疏漏和缺点，凭借那种从不犯错的品位，他赞美，从有益事物中寻找乐趣并使其融入自己的灵魂，从而使自己变得优秀高尚。他在青年时期就能够恰当地指责和憎恨低劣的事物，而那时他还不知道这一切是出于什么原因"。于是稍后，当批评和自觉精神在他心中成长起来时，他"就会认出它，将它作为一个朋友来欢迎，他的教育早已使他熟谙了它"。欧内斯特，我几乎不想去说，我们英国人离这个理想有多么遥远，如果有人斗胆向资产阶级暗示教育的真正目的在于培养对美的热爱，教育应该运用的方法是发展气质、培养品位、促成批评精神时，我能够想象他那张油光满面的脸上浮现出的微笑。

然而，毕竟也还是有一些可爱的环境留给了我们，当一个人徘徊在莫德林学院的灰色回廊上，倾听来自恩弗利特礼拜堂的长笛般的歌声，或躺在绿色的草地上，身边围绕着奇特的长满蛇纹斑点的贝母丛，望着灼热的正午阳光把塔顶的镀金风向标照耀得熠熠生辉，或在拱形天顶的扇形阴影下，漫步踱上基督教室的楼梯，或穿越圣约翰学院里劳德楼的那扇雕满图案的大门，在这些时候，导师和教授们的呆板无趣也就无关紧要了。牛津或剑桥不是仅有的能让对美的感知力形成、得到锻炼并达到完善的地方。一场装饰性艺术的文艺复兴正在整个英国兴起。丑陋的日子已经成为过去。甚至是富人的家里也开始讲究品位，那些不甚富裕的家庭的房子则被装饰得优雅舒适、适宜居住。凯列班[1]，可怜而聒噪的凯列班，以为自己如果停止向某种事物扮鬼脸，那种事物就不复存在了。但是如果他不再做鬼脸，那只是因为他遇到了别人更敏捷、更尖刻

---

1 凯列班，莎士比亚《暴风雨》中的形象，见《谎言的衰落》一章中的注释。

的嘲弄，暂时被狠狠地教育了，所以归于沉默，这种沉默应该就此永远封住他那笨拙歪斜的双唇。到目前为止，我们所做的事情主要是清扫出一条道路。破坏总是比建设更困难，当不得不毁掉的是那些粗俗和愚蠢的东西，这种破坏的任务所需要的就不仅仅是勇气，还需要蔑视。不过在我看来它已经被部分地完成了，我们已经摒弃了坏的东西，现在需要做的是创造美的东西。尽管美学运动的使命是引诱人们去沉思而不是引导人们去创造，但由于创造的本能在凯尔特人种[1]中是很强烈的，也正是凯尔特人领导着艺术潮流，因此我们没有理由不认为，在未来的岁月里，这场奇异的文艺复兴将会和许多个世纪以前在意大利城邦中苏醒的那次艺术重生一样强劲有力。

当然，为了培养气质，我们必须回到装饰性艺术，回到那些感动我们的艺术，而不是那些教育我们的艺术。无疑，新派绘画是令人赏心悦目的，至少其

1　爱尔兰人多属凯尔特人种，王尔德等许多美学运动人士都是爱尔兰人。

中有一部分是这样。但是它们让人无法与之相处，它们太伶俐、太自负，也太智性化了。它们的含义太明显，它们的手法太确定。一个人很快就能看透它们所要表达的一切，于是它们就会变得像他的亲戚一样乏味。我对巴黎和伦敦的许多印象派画家的作品极为喜爱。微妙和个性特征尚未离开这个画派。它们中的某些构图与谐调可以让人想起戈蒂耶那首不朽的《大调无韵交响乐》中所具有的无可匹敌的美，那首无懈可击的杰作的色彩和曲调，可能对它们中间许多最好的作品的种类和标题起到过启发作用。作为一个怀着同情心情的热情欢迎不称职者，混淆古怪和美丽、粗俗和真实的阶层，他们是卓有成就的。他们制作的蚀刻画具有警句般的才智，彩粉画和悖论一样迷人，至于他们的肖像画，无论平庸之辈怎么反对，没有人能否认，它们拥有那种属于纯粹虚构作品的奇特和绝伦的魅力。但是即便是印象派艺术家，像他们那样热忱和勤奋，也还不够。我喜欢他们。他们白色的基调，包括这种白色在淡紫中的变异，是颜色史上的一个纪元。尽管瞬间不会造就一个人，但是瞬间的确造就了印象派画家，对于艺术中的瞬间，罗塞蒂所谓的"瞬间的丰碑"[1]，还有什么话可以保留呢？他们也是具有启发意义的。如果他们不曾使失明者复明，至少大大鼓励了近视眼们。他们的领袖作为旧时代的过来人，仍旧缺乏经验，他们中的年轻人却已经聪明过头，以致无法保持清醒的头脑了。而且，他们还坚持把绘画当作一种为文盲们服务的自传形式，总是在粗糙不平的画布上向我们吹嘘他们那些多余的自我和过剩的观念。他们以粗俗的方式过分强调了那种对自然的高贵轻蔑，因此毁掉了自己，那种轻蔑本来是他们身上最好的也是唯一得体的品质。一个人最终会对那种人的作品感到厌倦，他们的个性总是那么聒噪，而且通常是乏味无趣的。而巴黎那个较新的流派则有更多的优点值得一提，他们自称"拟古派"（the Archaicistes），拒绝让艺术家完全听天由命，认为艺术理想不仅仅在于营造氛围效果，更确切地说，还要追求构图的虚构

1　罗塞蒂有一首著名的十四行诗，第一句是"一首十四行就是一座瞬间的丰碑"（A Sonnet is a moment's monument）。

之美和美好颜色的魅力，他们抵制那种只画亲眼所见事物的单调的现实主义，尝试去看那些值得一看的事物，不仅仅用真实的肉眼去看，还要用更高贵的心灵之眼去看，这种心灵之眼在精神领域内的视域要宽广得多，正如它的艺术目的也要辉煌得多。无论如何，他们都是在装饰性的前提下进行工作的，这种前提指的是每一种艺术都要求自身的完美，他们有足够的美学直觉去突破那些猥琐愚蠢的局限。那种形式的绝对现代性局限已经毁掉了许多印象派艺术家，这一点业已得到证实。还是这句话，真正的装饰性艺术是让人能够与之相处的艺术。在所有的视觉艺术中，它是一种能够塑造我们的情绪和气质的艺术，没有被意义破坏，也没有与明确形式结盟，这样的纯粹色彩能以一千种不同的方式对灵魂说话。线和块面的精妙比例中所蕴含的和谐也反映到了头脑之中。图案的重复使我们得以休息，构图上的奇迹激发了想象力。仅从那些运用的原材料的魅力中，我们便能体会出潜在的文化因素。这还不是全部。装饰性艺术审慎地拒绝了视自然为美的理想，还拒绝了普通画家的模仿手法，通过这种拒绝，装饰性艺术不仅让心灵做好了接受真正虚构作品的准备，还在心灵中培养了一种形式感，而这种形式感正是创造性成就的基石，正如它也是批评性成就的基石。因为真正的艺术家是那样一种人，他不是从感触发展到形式，而是从形式发展到思想和激情。他并非先想到一个主意，然后对自己说："我要把我的想法放到由十四行诗句子组成的复杂韵律中去。"他是先意识到了十四行诗歌的美好，再构思了某些音乐模式和韵法，形式只建议了该用什么去填充它并使其获得智性和情感上的完美。世人时常大声疾呼着反对某位迷人的富有艺术天赋的诗人，用他们陈腐愚蠢的话来说，是因为他"没话找话"。可是如果他有话可说，可能就真会说出来，结果却很让人感到乏味。正是因为他没有新的话题可说，所以才能够创造出美好的作品。他从形式中获取灵感，仅仅从形式中，就像艺术家应该做的那样，一种真正的激情会毁了他，所有确实发生的事都有害于艺术，一切劣等诗歌都来源于真实感受。自然而然意味着显而易见，显而易见则意味着缺乏艺术性。

欧内斯特：我怀疑你真相信你所说的话。

吉尔伯特：为什么你要怀疑？身体和灵魂并非只有在艺术中才能合二为一。在生活的所有方面，形式都是万物的起源。柏拉图告诉我们，舞蹈中富有节奏感的和谐动作将节奏与和谐同时传递给了大脑。形式是信仰的粮食，纽曼在某个满怀真挚的重要时刻曾这样高呼过，我们由此赞美并了解了他这个人。他是对的，尽管他可能并不知道自己是多么正确。信条之所以被人相信并不是因为它们理性，而是因为它们被反复灌输过。是的，形式就是一切。它是生活的奥秘。发现一种对哀伤的表达，它就会和你亲近；发现一种对喜悦的表达，你就强化了这种欣喜。你想去爱吗？朗诵爱的连祷文，词语就会创造出一种渴望，世人猜想这些词语就是源自那种渴望。你曾经历过那种侵蚀心灵的悲伤吗？将自己沉浸在悲伤的语言中，到哈姆雷特王子和康斯坦斯皇后[1]那里去学习对悲伤的表

1　康斯坦斯皇后（Queen Constance，1174—1222），神圣罗马帝国皇帝亨利六世之妻。

达，于是你会发现单纯的表达也是一种获得安慰的方式，而形式既是激情的根源，也是结束悲痛的理由。因此，回到艺术的领域，形式不仅触发了批评气质，也触发了审美直觉，这种毫无偏差的直觉向人们展示一切处于美好之中的事物。如果以对形式的膜拜为起始，对你来说，艺术就没有秘密可言，请记住，在批评中就像在创作中一样，气质意味着一切。而且，对艺术流派做历史性的分类，所根据的不是作品的创作时间，而是这些流派所诉诸的气质。

欧内斯特： 你在教育方面的理论令人愉快。但是，像你那种成长在如此优雅的环境中的批评家会有什么影响力呢？你真以为艺术家会受批评的影响吗？

吉尔伯特： 批评家的影响力就在于他的存在。他代表的是无瑕疵的典型。本世纪（19 世纪）的文化将会在他身上得到体现。除了完善自我以外，你不应该要求他有其他任何目的。我已经说得很清楚了，知识所要求的仅仅是感觉到自身活着的状态。确实，批评家也许会期望发挥他的影响，但是，如果真那样的话，他就不能沉浸在对个人的关心之中，而必须去忙于应付时代了——他将会试图唤醒时代，要求它做出响应，使它产生新的欲望和胃口，把自己更广阔的视域和更崇高的情感出借给它。今天的艺术对他的吸引力要小于明天的艺术，更远远小于昨天的艺术，至于目前这些终日忙碌的人们，勤劳的人又算什么？无疑，他们尽了最大的努力，结果我们却从他们那里收获了最糟糕的作品。最糟糕的作品总是源于最好的意图。我亲爱的欧内斯特，除此之外，一个人如果到了四十岁，或当上了皇家艺术学院院士，入选了文学俱乐部成员，要么就是变成了那种家喻户晓的流行小说家（他的作品在郊区火车站上销售量极大），到了那种时候，人们也许会以曝光他为消遣，却不会以改造他为乐。我敢说这对他而言是非常幸运的，因为改造无疑要比惩罚痛苦得多，而且是一种最沉重且以道德形式出现的惩罚，这一事实可以解释为社会在改造那种有趣人物上的全盘失败——那种人物即所谓的惯犯。

欧内斯特：但是诗人难道不是最好的诗歌评判者，画家难道不是最好的绘画鉴赏家吗？每一种艺术首先吸引的肯定是它那个领域内的艺术家。他的评判当然是最有价值的。

吉尔伯特：所有的艺术吸引的都只是艺术气质。艺术不是针对专家的。她声称她是广泛存在的，在所有的表现形式中都是同一种事物。其实，"艺术家是最好的艺术鉴赏者"远非一个正确的论点，一位真正的伟大艺术家根本就不可能去鉴赏别人的作品，事实上，他也几乎不可能去鉴赏自己的作品。使一个人得以成为艺术家的那种高度浓缩的视野，由于它那剧烈的张力，限制了他在精微鉴赏方面的能力。创造的动力催促他朝着自己的目标视而不见地赶路。他的马车车轮所扬起的灰尘就像云雾一样笼罩着他。神祇们互相向对方隐藏自身，但他们能认出自己的信徒。如此而已。

欧内斯特：你说一位伟大的艺术家欣赏不了与他不同类的作品的美好之处？

吉尔伯特：他不可能做到这一点。华兹华斯在《恩底弥翁》[1]里只看到了一篇漂亮的异教思想；而雪

---

1 《恩底弥翁》是济慈最早期的长诗，写于他 21 岁时。

莱由于讨厌现实存在，觉得华兹华斯的诗歌形式让人反感，对它们的寓意也不理不睬；拜伦，那个伟大的充满激情的半人类动物，既欣赏不了云的诗人 [1]，也欣赏不了湖的诗人 [2]，济慈的奇才对他也毫无意义。欧里庇得斯的现实主义在索福克勒斯看来是可厌的，他对那些热泪的流淌无动于衷。密尔顿尽管有着对伟大风格的感受力，对莎士比亚手法的理解却不超过乔舒亚爵士 [3] 对庚斯博罗 [4] 手法的理解。糟糕的艺术家总是互相赞美对方的作品。他们把这称之为宽宏大度、不带偏见。可是，一位真正伟大的艺术家不能设想生活或美会在别的情形下呈现——除了他自己选定的以外。创造只在它自己的范畴内运用它的批评才能。它不会在别人的地盘里运用这种能力。正是因为一个人不能

1 指雪莱，他写过《云》一诗。
2 指湖畔诗人华兹华斯，曾被拜伦狠狠批评过。
3 乔舒亚爵士（Sir Joshua Reynolds，1723—1792），英国肖像画家，英国第一任皇家艺术学院院长。
4 庚斯博罗（Thomas Gainsborough，1727—1788），英国肖像画家和风景画家。

做某件事，他才会是这件事的合格评判者。

欧内斯特：你真这么认为？

吉尔伯特：因为创造约束人的视野，而沉思却拓宽它。

欧内斯特：那么技艺呢？每种艺术当然都有它自己独特的技艺。

吉尔伯特：当然，每种艺术都有属于它自己的基本原理和材料，这两种事物没什么神秘之处，就连弱智也不会弄错。不过，艺术所仰赖的法则可以是固定和确实的，但是要想真正实现它们，还需要由想象力将它们渲染成那样的美，使它们中的每一条法则都似乎是一个例外。技艺其实就是个性。这就是为什么艺术家没法讲授它，学生没法领悟它，而美学批评家却能理解它的原因所在。对伟大的诗人来说，只有一种谱曲的方法——他自己的方法；对伟大的画家来说，只有一种绘画的手法——他自己运用的手法。美学批评家，只需美学批评家自己，就可以欣赏所有的形式和手法。艺术所召唤的正是这样的人。

批评是世界的未来

欧内斯特：哦，我想我已经向你提完了所有的问题。现在我必须承认——

吉尔伯特：哦！别说你同意我的看法。当人们和我看法一致时，我总觉得自己肯定错了。

欧内斯特：如果那样的话，我就不告诉你我是否同意你的观点了。但是我要问你另一个问题。你曾经向我解释说批评是一种创造性艺术，那它的前景如何？

吉尔伯特：未来属于批评。创造所能支配的题材在广度和多样性上正在日渐缩减。上帝和沃尔特·贝赞特先生[1]已经用光了一切显而易见的题材。如果创造确实想持续下去的话，必须远比现在更富有批评性。古道和尘土飞扬的公路被使用的次数太多了，它们的魅力被那些沉重缓慢的足迹磨损殆尽，已丧失了浪漫文学本质上的新颖和奇异要素。现在想用小说来打动我们的人，要么给我们一个全新的背景，要么向我们揭示一个人灵魂最深处的活动，前者吉卜林[2]先生为我们做了。当人们翻开他的《山中的平凡故事》时，就仿佛坐在棕榈树下阅读那些由绝妙的粗俗场面演绎出的人生：集市上明快的色调炫花了人眼，疲惫不堪的二等公民盎格鲁混血儿与他们周遭的环境格格不入。故事叙述者毫无个人风格可言，这为他所讲述的故事增添了一种古怪的新闻现实主义色彩。从文学的角度来看，吉卜林先生是一位省略了送气音的天才；从生活的角度来看，他是一个比谁都了解粗俗生

1　沃尔特·贝赞特（Walter Besant，1836—1901），英国小说家。
2　吉卜林（Rudyard Kipling，1865—1936），英国小说家，生于印度孟买，1907 年获诺贝尔文学奖。

活的记者。狄更斯知道这种生活的外套和喜剧性，而吉卜林先生却懂得它的实质和严肃性，他是我们中间第一位在二流社会生活方面的权威，曾从锁眼中[1]窥视过那些绝伦的妙事，而且他的生活背景就称得上是真正的艺术作品。至于第二种情形，我们过去有布朗宁，现在有梅瑞狄斯。但是，在内心自省方面，还是有许多东西值得一写。人们有时觉得小说越来越病态了。从心理学上来说，它还远不够病态呢，我们才刚刚触及灵魂的表面而已。头脑中的一个白细胞里所存储的某种信息，就比人们所能想象的一切精彩、恐怖，比如《红与黑》的作者，那种头脑企图追踪灵魂直到它最隐秘的角落，并让生活坦白它最隐私的罪行。然而，未被尝试过的生活背景也是有限的，因此，内心自省这种习惯的进一步发展，对努力为之提供新材料的创造性才能来说，很可能会起到决定性的作用。我自己倾向于认为创造是注定没落的，它起源

1　透过"锁眼（keyhole）"看东西，顾名思义，在英文中指窥探隐私，透露内情的意思。

于太原始、太自然的冲动。不管怎样，这一点是肯定的，就是创造所支配的题材总是在减少之中，而批评的题材却日渐增多。总会有新的思想姿态和新见解出现。用形式来制约混沌的责任不会随着世界的发展而有所减轻。当前时期比任何时代都更需要批评，只有通过批评，人类才能确定自己已到达的方位。

几小时前，欧内斯特，你问我批评能起到什么作用，你不妨也问问我思想能起什么作用。正如阿诺德所指出的那样，是批评营造了一个时代的智性氛围，我希望有一天我自己也能指出，是批评使头脑成为一种有效的工具。在我们的教育体制下，我们让记忆力挑起那互不联系的事实堆积成的重担，并辛辛苦苦地去努力传授那些我们辛苦得来的知识。我们教育人们如何记忆，却不教育他们怎样成长。我们从没想过要发展头脑里那种更精微的理解和识别品质。希腊人曾这样做过，当我们和希腊人的批评才智打交道时，不禁感到，虽然我们的题材无论在哪一方面都要比他们的题材更广泛、更多样化，但他们的方法却是唯一能诠释我们题材的方式。英国已经做到了一件事——

发明并建立了公众舆论，这种努力将社会的无知加以组织化，并授予其使用物质暴力的尊荣。但智慧总是躲开它。作为思想的工具，英国人的头脑既粗陋又不发达。唯一能净化它的方法就是培养批评的本能。

再次强调，批评通过浓缩使文化成为可能。它拿起大块的笨重的创造性作品，将它提炼成较纯净的精华。那些渴望保留形式感的人，谁愿意在这个世界所出版的数目庞大的书堆中艰难跋涉呢？那些书籍中充满结结巴巴的思想和争执不休的无知。引导我们穿过这令人疲倦的迷宫的细线掌握在批评家的手中[1]。不仅如此，在那些没有记录，历史要么被遗失，要么就根本没有被书写过的地方，批评可以通过非常细小的语言或艺术碎片为我们再现过去，恰如从某根小骨头或仅从石头上的足迹，科学家就能为我们重现那些翼龙或曾一度让我们的地球在它的脚下颤动的巨蜥，能把《圣经》中的河马喊出它的洞穴，让利维坦海兽再

1　该处引用了古希腊神话米诺斯迷宫的典故，雅典王子忒修斯曾拿着克里特公主阿里阿德涅给他的线团走出了该迷宫。

次横渡震荡的大海。史前史属于语文学（philological）和考古学批评家的研究范畴，事物的起源呈现在他们的面前。时代的自觉沉淀物几乎总是引人误入歧途，仅仅依靠语文学的批评，我们对那些没有留下任何记载的世纪的了解，就已经超过了那些为我们留下卷册的世纪。它能为我们做的事是物理学和纯粹哲学都无法做到的。它能告诉我们思想在形成过程中的确切轨迹，能为我们去做那些历史做不到的事，能告诉我们人类在学会书写之前的所思所想。你曾向我问起批评有什么影响力，我想我已经回答了那个问题。但我还想补充一点，是批评使我们成为世界主义者。曼彻斯特学派[1]试图让人们懂得人类之间的手足情谊，为此向人类指出和平能为商业带来的好处。它打算把一个精彩的世界贬黜成买家卖家云聚的公共集市，它向自身最低级的本能献殷勤，但还被拒绝了。战争连绵不

1　曼彻斯特学派（Manchester school），19 世纪英国部分产业资本家及其知识分子组成的派别，主张自由贸易，废除谷物法和保护关税等。主要代表人物是理查德·科布顿（Richard Cobden，1804—1865）和约翰·布莱特（John Bright，1811—1889）。

断，零售商的信条无法阻止法国和德国在血污的战役中兵戎相见。我们时代的另一些人，他们只希望能激起感性的同情心，或诉诸一些浅薄的教义，那些教义来自某种含混不清的抽象道德体系。他们有自己的和平组织，令伤感主义者倍感亲切，还提交了有关非武装国际仲裁的建议书，在那些从不阅读历史的人当中极为流行。可是单靠感性的同情是行不通的，它太善变了，而且和激情之间的关联过于紧密。至于仲裁委员会，为了种族的普遍利益，它被剥夺了实施自己决议的权力，因此也没多大作用。只有一种事比不公正更糟糕，那就是手中没有武器的公正，没有掌握权力的正义就是邪恶。

不，感性情绪不会使我们变成世界主义者，就像对利益的贪婪不会使我们成为世界主义者一样。只有通过对智性批评气质的培养，我们才能够超越种族的偏见。歌德——你不会误解我的意思——是德国人中的德国人，他比任何人都更爱他的国家，人民喜欢他，他也引导着他们。然而，当拿破仑的铁蹄践踏那些葡萄园和玉米地时，他的双唇紧闭。"没有仇恨，哪能谱写出仇恨的歌曲?"他对埃克曼[1]说,"对我来说,只有文明和野蛮才是重要的,我又怎能去仇恨那样的国度?它是世界上最有文化的国家之一,而且我本人的文化教育在很大程度上也要归功于它。"在近代社会中,这种声音首先由歌德发出。我认为,它将会成为未来世界主义的起点。通过强调在各种形式中的人类智慧的同一性,批评将会消灭种族偏见。如果我们受到了对另一国家发动战争的引诱,应该记住,我们也正在毁灭自己文化中的一个元素,而且可能是最重要的元素。只要战争还被看作是一种邪恶,就始终具有自身的魅力;一旦它被看作是粗俗的,就不会再流行下去了。变化当然是缓慢的,让人们无法察觉。他们不会说"我们不要和法国打仗,因为她的散文很完美"。但是由于法国散文是完美的,他们就没法去憎恨那片土地了。智性批评能把欧洲捆绑得更紧密,远比那些小商人或伤感主义者的货色更管用。它

1　埃克曼(Johann Peter Eckermann, 1792—1854),德国学者和作家,歌德晚年的助手。

将给我们带来源于理解的和平。

不仅如此。批评不承认终极真理，任何教派或学派的那些肤浅教义都无法束缚它，它培养了那种为真理而热爱真理的静穆的哲学气质，这种气质不会由于知道真理的不可得而减少对它的热爱。这种气质在英国是多么罕见，而我们又是多么需要它！英国人的思想总是一片狂暴，这个种族的智慧在二流政治家和三流神学家的那些龌龊愚蠢的争吵之中逐渐消耗。阿诺德曾明智地提出"美好的合理性"，唉，却几乎毫无用处，注定了只有科学家才能够为这种"美好的合理性"列举最佳范例。《物种起源》的作者至少是具备哲学气质的。如果让一个人静静地回想一下英国普通的布道坛和讲台，他只能表现出尤里安[1]式的轻蔑或蒙田式的冷漠。我们被狂热者主宰，它们最邪恶的劣性就是真挚。任何事物，只要能引起思想的自由发挥，对我们来说都是难以理解的。人们高声反对罪

---

1 尤里安（Julian，332—363），古罗马帝国皇帝，宣布与基督教决裂以及宗教信仰自由，又被称为"背教者"（the Apostate）。

人，然而，我们的羞耻不是罪人而是蠢材，除了愚蠢之外，没有罪行可言。

欧内斯特：啊！你可真是个离经叛道者！

吉尔伯特：艺术批评家就像神秘主义者那样，永远是离经叛道者。根据做好人的庸俗标准，做个好人显然是极为容易的事，它需要的仅仅是一份猥琐的畏惧感，在想象思维方面的一点欠缺和对中产阶级名望的一片谦卑的向往。美学高于伦理，属于一个更精神化的领域，洞悉事物之美是我们所能达到的最美好的境界。在个人的发展过程中，就连色彩感也要比是非感更为重要。其实，美学和伦理在意识文明范畴内的关系，就如同外在世界中性选择和自然选择[1]的关系一样。伦理就像自然选择，使生存成为可能；美学就像性选择，使生活充满情趣，令人愉快，赋予生活新形式，促使生活发展，令生活多样，富于变化。当我

---

1 性选择和自然选择是达尔文进化论中的概念。性选择指两性为了互相吸引对方而在漫长演变中形成的特征，比如雄性孔雀的漂亮尾巴，自然选择指"适者生存"，为了生存，自然界不断选择生物群体中适应力最强的遗传因子。

们抵达了我们视之为目标的真正文明，也就达到了圣徒们所梦想过的那种完美，那种不可能有罪的人所拥有的完美。这不是因为他们选择了禁欲者的苦行生活，而是因为他们可以做自己想做的一切，并且不会因此伤害到灵魂，也不会有任何伤害灵魂的想法，灵魂是一种如此神圣的存在，它能够成为丰富经验的一部分，或在更微妙的敏感性中充当角色，又或成为思维、举止或激情的较新模式的组成成分，这些东西和庸人在一起就平庸，和没有文化的人在一起就微贱，和无耻的人在一起就卑鄙。这很危险吗？是的，它是危险的——就像我告诉你的一样，所有的思想都是危险的。但是夜晚令人疲倦，灯光在摇曳。还有一件事我忍不住要告诉你。你曾反对过批评，说它是一件没有实际意义的事情。19世纪是历史上的一个转折点，仅仅因为有了两个人的著作，即达尔文和勒南，前者是自然之书的批评家，后者是上帝之书的批评家。如果意识不到这一点的话，就无法认识到这个时代的意义，而它是社会发展中最重要的时代之一。创作总是落后于时代，是批评在引导我们。批评精神和世界精神是一致的。

欧内斯特：具有这种精神或被这种精神支配的人，我想，应该什么事都不做，对吧？

吉尔伯特：就像兰德[1]为我们描述的珀耳塞福涅，美好而又幽静的珀耳塞福涅，围绕着她雪白的双足盛开着日光兰和不凋花。他将心满意足地坐在"那种深沉静止的宁静之中，那种宁静为凡人所憾，为神祇所喜"；他将俯视这个世界，洞悉它的秘密。接触神圣的事物使他自己也神圣起来。他的生活将会完美，而且只有他的生活。

欧内斯特：今晚你对我讲了许多新奇的事，吉尔伯特。你告诉我说一件事比做一件事更难，而在这个世界上最难的就是无所事事；你告诉我所有的艺术都是不道德的，所有的思想都是危险的；还有批评比创作更富有创造性，最高的批评是在艺术作品中揭示那些连艺术家都不知道的东西；还有，正是因为一个人

1　兰德（Walter Savage Landor，1775—1864），英国诗人、散文家，精通希腊文学、罗马文学。

226

做不了一件事，才会成为它的合适的评判者，以及真正的批评家是不公正的、不真诚的，而且毫无理性。我的朋友，你可真是个梦想家。

吉尔伯特：是的，我是个梦想家。梦想家是那种只有借助月光才能找到自己道路的人，他所受到的惩罚是他比世人更早地看见曙光。

欧内斯特：他的惩罚？

吉尔伯特：也是他的奖赏。但是，看啊，已经是黎明了。拉开窗帘，把窗户全打开。清晨的空气是多么凉爽！皮卡迪利大街在我们脚下就像一条长长的银缎带。公园上空笼罩着淡紫色的薄雾，那些白房子的阴影也是紫色的。现在睡觉已经太迟了。让我们到柯文特花园去看玫瑰吧。来吧！我对思考已经感到厌倦了。

III 闪光的灵魂与暗淡的社会 [1]

1　本文原标题为《社会主义制度下人的灵魂》(*The Soul of Man Under Socialism*)，此章节内小标题均系编者后加。——编者注

论私有财产制度的贻害与社会主义的美好

毋庸置疑，建立社会主义制度的首要好处是，会把我们从为别人而活的可悲窘境中解脱出来，这种窘境在目前的情形下正紧迫地压榨着几乎每一个人。实际上，简直没人能逃得了。

历史上偶尔也会出现像达尔文那样的伟大科学家，像济慈那样的大诗人，像勒南先生那样的杰出批评家，或像福楼拜那样的卓越艺术家。他们这类人能孤立自己，使自己远离他人的喧嚣主张，站在"城墙的遮蔽之下"，如柏拉图所言，从而充分实现自身内在的完美，为自己赢得无与伦比的成果，为全世界赢得无与伦比且持久永恒的成果。无奈，这些人都只是例外而已。大多数人在用一种有害健康的夸张的利他主义糟蹋自己的生活——其实，他们是被迫这样做的。他们发现自己被骇人听闻的贫穷、骇人听闻的丑陋和骇人听闻的饥饿环绕着。他们被这些苦难深深地打动了，这是不可避免的。人类的感性情绪比他们的思维能力具有更快的反应速度；而且，就像前些日子我在一篇讨论批评之功用的文章中所指出的那样，同情苦难比同情思想要容易得多。于是，怀着可敬的、尽管是受到了误导的意图，他们非常认真而且非常多情地着手去治疗他们所目睹的罪恶。但是他们的治疗方法并没有治愈疾病，只不过延长了它。其实，他们的治疗方法就是疾病的一部分。

譬如，他们试图养活穷人，作为解决贫穷的办法，或根据一个非常新潮的流派的观点，为穷人提供娱乐，让他们借娱乐去打发时间，从而解决贫穷问题。

但是这不是一个解决办法，反而为问题增加了难度。正确的目标是，尝试着重建一个社会，在这个社会里贫穷现象是不可能存在的。而利他主义的美德其实是有碍于这个目标的实现的。这就好比说，最坏的奴隶主就是那些仁慈地对待奴隶的奴隶主，他们的做法妨碍了那些受奴隶制压迫的人去认识这种制度的可怕之处，还能获得那些盘算实行这种制度的人的理解。因此，在当前的英国情势下，最有害的人就是那些努力想做最多善行的人。于是最终，我们看到了这种现象，一些真正研究过这个问题而且对生活有所了解的人——东区 [1] 居民中的那些受过教育的人——自告奋勇出来恳求社会克制一下在慈行善举等类似活动方面的利他主义冲动。他们这样做的理由是，该类慈善行为是降低人格且令人意志沮丧的。他们完全正确，慈善行为衍生了大量的罪恶。

还有一点我要说的是，用私有财产去缓解私有财产制度所带来的可怕罪恶是不道德的。而且，这既不道德也不公平。

当然，在社会主义制度下，所有这一切都会有所改变。再没有人会衣衫褴褛地住在狗窝里，在令人极

1　东区（the East End）指伦敦东区，贫民和移民的聚集地段。

度憎恶的难以忍受的环境下抚养不健康的、受饥饿压迫的孩子成长。整个社会的生活保障不会像现在这样仰仗天气的状况。如果遇上一场霜降，不会有上十万的人失去工作，在令人厌恶的悲惨境况下流落街头，或向他们的邻居们哀求施舍，或拥挤在可憎的收容所门口去争取一块面包和一晚上的肮脏寄宿。社会中的每一个成员都会分享这个社会总体上的富足和幸福，如果遇上霜降，没有哪个人的实际生活会受到影响。

从另一方面来讲，社会主义是通往个人主义的，这就是它的价值所在。

社会主义、共产主义，或随便用哪个名字来称呼它，这种主义化私有财产为公共财富，用共同经营来取代竞争，从而使社会恢复到一种属于完全健康的有机体的良好状态中去，并保障了每一个社会成员的福利。实际上，它将会为生活带来稳定的基础和适宜的环境。但是要想让生活得到尽善尽美的充分发展，还需要更多的东西，这种东西就是个人主义。假如社会主义是独裁性质的，即政府用经济力量武装自己，正如它们现在用政治力量武装自己一样，简而言之，如果我们得到的是一个工业暴政，那么人类的最终状况就要比它的最初状况更糟。目前，私有财产的存在使许多人能够发展出一种非常有限的个人主义。他们要么是没有为生存而工作的必要，要么是能够选择真正适合自己并为自己带来乐趣的活动。这些人就是诗人、哲学家、科学家和文化人——简而言之，也就是真正的人，即能够充分发展自己的人，在他们身上，整个人类能获得部分的自我实现。从另一方面讲，还有大量的人没有私人财产，始终徘徊在极度饥饿的边缘，被迫去承担牲畜的工作，去做那些全然不适合他们的工作。他们被可耻的、专横无理的"需求暴政"强迫着去接受这一切。这些人即穷人，举止的优美，言谈的风雅，文明，文化，精致的乐趣或对生活的享乐，在他们的生活中这一切都不存在。他们的集体力量为人类带来了物质上的昌盛，但那只是人类所获得的物质财富。而那些贫穷的人自身的存在是毫无意义的。他只是一股力量中的无穷小的原子，那股力量非但不尊重他，反而去碾压他。其实，它更愿意看到他被碾碎，因为如果那样的话他就会恭顺得多。

当然，也许有人会说，私有财产制度下的个人主义未必就总是美好的或令人愉快的，甚至通常情况下都未必如此，而穷人，如果说他们没有文化或魅力，至少还有许多美德，这些说法很对。拥有私有财产往往会把人彻底腐蚀掉，当然，这就是社会主义想要废除这种制度的原因之一。其实，财产真是一种让人讨厌的东西。前些年，人们在举国上下宣扬财产所有权同时也是一种义务，他们这样频繁乏味地宣传这件事，最后连教会也开始说同样的话了，现在我们从每一个讲道坛上都能听到这种理论，这种说法非常正确。财产所有权不仅有义务，还有许多种义务，以致拥有大量财产会把人搞得心烦意乱。它会给人带来数不清的权利索求状，对业务无止境的操心，以及没完没了的烦扰。如果财产只带来快乐，我们还能忍受它，但是它的义务使它变得让人难以忍耐。为了富人的利益着想，我们必须废除它。人们欣然承认穷人的美德，而且为之怅然。我们经常被告知说，穷人很感激他们所获得的慈善施舍。无疑，他们中的一些人是这样的，但是穷人中的最优秀分子永远不会对慈善施舍表示感激。他们既不领情，也不感到满足，而且他们是不驯从的、充满反叛意识的。他们这样做完全没错。他们觉得慈善施舍要么只是部分地偿还了从他们那里掠夺走的东西，而且不充分到了可笑的地步，要么就是一种感情用事的救济馈赠，通常伴随着伤感主义者对他们私生活的鲁莽干涉。为什么他们就应该对富人桌子上掉下来的面包屑充满感激之情呢？他们有权在餐桌前就座，而且现在已经开始明白这一点了。至于不满，一个人如果不对这种环境和这种卑贱的生存方式感到不满的话，那他就完全是个畜生了。不驯从，在任何一个通晓历史的人的眼中，都是人类最早的美德。正是有了不驯从，有了不驯从和反抗，文明才会有进步。有时穷人由于节俭而受到赞扬，但是劝告穷人去节俭是既荒诞又侮辱人格的。这就等于建议一个快饿死的人去节食。要求市镇或乡村中的劳动者保持节俭是绝对不道德的。人不该自愿去炫耀自己能活得像个营养不良的动物。他应该拒绝过那种生活，应该要么去偷窃，要么去领取公共救济金。许多人认为后者也是一种偷窃形式。至于乞讨，乞讨比索求东西要安全些，但索求东西却比乞讨更高贵。不，一个不知感激、不节俭、不满足且怀有反叛意识的人可能才是一个真正的具有个性的人，他至少代表了一种健康的抗议。至于那些善良的穷人，我们当然可以怜悯他们，但是不可能赞美他们。他们私下里和敌人媾和，为极劣质的浓汤出卖了自己的长子继承权。他们肯定也蠢得出奇。我完全能够理解为什么一个人会承认保护私有财产的法律，容许资本积累，只要他自己在这些条件下能实现某种美好的智性生活。但如果一个人的生活被这种法律损害并弄得面目全非，他怎么还会默许这些法律的延续呢？在我看来这几乎是难以置信的。

不过，理由其实并不难找到。事情不过是这样的：不幸和贫穷使人彻底堕落。它们对人性起着一种麻痹作用，以致没有哪个阶级能真正地意识到自己的苦难。别人不得不把这些事情告诉他们，而他们通常还全然不信。大老板们反对煽动者的理由无疑是正确的，煽动者是一伙扰乱人心的好事之徒，他们跑到某个心满意足的社会阶层那里，在他们当中播下不满的种子。这就是为什么煽动者的存在是绝对有必要的。

在我们这种不完善的状态下，没有他们，就不会有迈向文明的进步。奴隶制在美国之所以被废除，不是奴隶们行动的结果，他们甚至也没有明确表达过对解放的期望，完全是由于波士顿和别处的某些煽动者的极端非法行动，奴隶制才得以被废除，而这些煽动者自己既不是奴隶，也不是奴隶主，其实和这个问题根本毫无关联。毋庸置疑，是废奴主义者们点燃了火炬，是他们发起了整个运动。而且古怪的是，他们从奴隶那里获得的帮助非常少，甚至几乎连同情也没得到。在战争结束时，当奴隶们发现自己获得了自由，发现自己是那么自由，哪怕饿死也无人过问，他们中的许多人对新的处境深感懊恼。对思想家来说，法国大革命的最大悲剧不是玛丽·安托瓦内特由于当了王后而被砍头，而是旺代的那些饿得要死的农民自愿选择为了罪恶的封建制度而死[1]。

---

1 法国大革命期间，由于革命政府取缔宗教信仰和处死路易十六，引发了 1793 年旺代（Vendee）农民在保王党人领导下的大起义，死伤十万人。

明摆着，独裁的社会主义是行不通的。因为哪怕是在当前的制度下，都有大批的人能在生活上享有一定程度的自主权、言论自由和幸福；而在一种工业军事制度或经济独裁体制下，就没有人能享受到这些自由中的任何一种了。我们社会中的一部分人实际上是生活在奴隶制下的，这很令人遗憾，但是为了解决这个问题就打算把整个社会都奴隶制化，则未免幼稚、可笑了。每个人在选择职业时都应该拥有绝对的自由，不应该被施加任何形式的强制措施。如果有这等事情发生，他的工作就不会给他自己、给工作本身，以及其他人带来任何好处。我指的工作是任何种类的活动行为（activity of any kind）。

　　我不认为，一个生活在今天的社会主义者，会真的计划让一个巡视员每天早晨挨家挨户地视察工作，看看是否每个公民都已经起身在做他那八小时的手工劳动了。人类的发展已越过了那个阶段，那样的生活是为被他们非常武断地称为罪犯的人所保留的。但是我承认，我翻阅过的许多社会主义理论在我看来如果还未真打算使用强制手段的话，至少也有着独裁的念头。当然，独裁和强制行不通。所有的组织都应该建立在完全自愿的基础上。只有在自愿的组织中，人才会显得优秀。

但是可能有人会问，个人主义的发展现在有多少是依靠私有财产存在的，那它怎样才能从私有财产的取缔中得到好处呢？答案很简单。在目前的情形下，的确有少数拥有私有财产的人，比如拜伦、雪莱、布朗宁、维克多·雨果、波德莱尔等，能够或多或少地实现自己的个性。这些人中没有一个人干过一天雇佣工作，贫穷威胁不了他们，他们拥有巨大的优势。问题是为了个人主义的利益，是否取消这样一种优势。让我们假设它已经被取消，对个人主义会有什么影响？它怎样才能从中获益呢？

它受益的方式是这样的。新条件下的个人主义会远比当前的个人主义更自由、更美妙，也更强化。我这里所讲的不是那种在想象领域内实现的伟大的个人主义，即前面所说的那些诗人的个人主义，而是伟大的现实个人主义，它通常潜伏在人类的本性之中。需承认的是私有财产对个人主义的确有害，它把一个人和这个人所拥有的财产混淆在一起，使个人主义变得轮廓模糊。它把个人主义彻底引入歧途——不把发展而把获利当成自己的目标。人们因而认为"获取"（to have）是要事，殊不知"成为"（to be）才是要事。人之真正完美，不在于他有什么东西，而在于他是什么。私有财产粉碎了真正的个人主义，代之以个人主义的赝品。它饿死了社会中的一部分人，就此把这些人排除在个人的范围之外；它把社会中的另一部分人置放在错误的道路上，并阻挠他们，使这些人也无法成为个人。实际上，人的个性被他的财产吸收得如此彻底，以致英国法律一向对冒犯个人财产的行为施以严惩，其惩罚之严厉程度远甚于冒犯个人，而且财产至今仍是决定公民权是否完整的标准。对金钱的过度贪婪还会使人道德败坏。在一个像我们这样的社会里，财产会给人们带来巨大的名望、社会地位、荣誉、尊敬、头衔等这一类的好事，人们自然会变得野心勃勃，视聚敛财产为目标。在他的财富早已远远超过了他所需要的、他能花费或享受的，甚至也许连他自己都已经搞不清楚自己的财产总额之后，他仍然在无聊之中乏味地继续聚敛它们。人们会为了保障自己的财产操劳过度而死，然而考虑到财产所能带来的无限好处，这样做其实也不足为奇。令人遗憾的是，社会被建立在这样一种基础上，人们被迫过因循守旧的生活，在这种生活方式下，他不能自由地发展他个性中神奇、迷人和令人愉快的那些方面——实际上，在这种生活方式下，他丧失的是生活中真正的欢乐和乐趣。在目前的情形下，他也是非常不安全的。一位富翁在他生命中的每时每刻可能——常常如此——都在忍受那些他无法控制的事物的摆布。如果风力差不多略大了一级，或天气发生了突然的变化，或某些琐碎的小事发生了，他的船可能就会沉没，他的投机买卖也许就会出错，于是他发现自己变成了一个穷人，所有的社会地位全没了。咳，除了自己以外，不应该有任何东西能伤害到一个人，根本不应该有任何东西能掠夺一个人。一个人真正拥有的就是他内心的那些东西，外在于他的一切都是无关紧要的。

随着私有财产的被取缔，我们将会获得真正的、美好的和健康的个人主义。没有人会把生命浪费在聚敛财货和代表财货的象征物上。人们将会去生活，而"生活"是如今这个世界上最稀罕的事物，大多数人只是生存而已。

美妙的个性与伟大的个人主义

除了在艺术想象中，我们是否还曾见过获得了充分表达的个性呢？这是一个问题。在实际生活中，这种事我们从未见过。蒙森[1]说恺撒是一个十全十美的人。可是恺撒的处境是多么可悲地不安全！无论在哪里，只要有人行使权力，就有人反抗权力。恺撒是非常完美的，但是他那条完美之路太危险了。勒南说马可·奥勒利乌斯[2]是完美之人。是的，这个伟大的皇

1　蒙森（Theodor Mommsen，1817—1903），德国历史学家，以研究罗马史著称，1902年获诺贝尔文学奖。

2　马可·奥勒利乌斯（Marcus Aurelius，121—180），罗马帝国皇帝、哲学家，系晚期斯多亚学派的主要代表人物。

帝也是个完美的人。但是他肩头所担负的无止境的责任是多么令人难以忍受！他在帝国的重负下蹒跚而行。他知道，要想肩负起那泰坦人的责任和这巨大的天体 [1]，人的力量是多么绵薄。我所谓的完美之人是在完美环境下成长起来的人，一个不曾受过伤害、无忧无虑、没有被毁损过，或没有身处危险的人。大多数有个性的人都被逼成了叛逆者，他们把一半力量都浪费在抵触摩擦中了。譬如，在与英国人的愚蠢、伪善和庸俗作战中，拜伦的个性大受损耗。这种战争并不总能增强实力，而是通常会使弱点更加恶化。拜伦从未能够给予我们那些他本可能给予我们的东西。雪莱在逃避策略上略胜一筹，和拜伦一样，尽快地逃离了英国。但是他当时不是很出名，如果英国人真知道他是一个怎样伟大的诗人，就会不顾一切地扑向他，尽可能地把他的生活糟蹋得让他无法忍受。但是，他不是社交场上的名人，所以在一定程度上得以幸免于

1　指古希腊神话中，阿特拉斯（Atlas）领导泰坦人与宙斯打仗，战败后被罚用肩膀扛起天空，使之与大地分开。

难。尽管如此，即便是在雪莱身上，反叛的调子还是太强了，完美个性的基调不是反叛，而是安详。

如果我们能看到人的真正个性，就会知道它是一种妙不可言的事物。它自然而又简单地生长起来，像花朵似的，或像树木一样成长。它不会置身于冲突之中，也从不争执或辩论。它不证明什么，但了解所有的一切。然而它自有智慧，不会为学问而操劳。它的价值不是通过物质来衡量的。它一无所有，却又拥有一切，无论人们从它那里拿走什么，它也不会有所缺少。它是如此富裕。它一向不管他人的闲事，也不要求别人模仿自己。它喜欢他们就是因为他们各不相同。然而，尽管它不干涉别人的闲事，却会帮助所有的人，因为美好事物帮助我们的方式就是如实地展现自己。成年人的个性如此神奇，和孩子的个性一样神奇。

个性在发展的过程中会从基督教那里获得帮助，如果人们期望如此的话；但是哪怕人们不这样期望，它还是同样会发展起来。因为它不担心过去，也不在乎事情发生与否。除了自己的法则以外，它不承认任何法则；除了自己的权威之外，它不承认任何权威。但是它爱那些试图强化个性的人，经常和他们交流。基督就是这些人中的一个。

"认识你自己"（Know Thyself）这句话被写在古代世界的入口处。在新世界的入口处，应该写下"做你自己"（Be Thyself）。基督传达给人类的预言仅仅是"做你自己"而已，那就是基督的秘密。

当耶稣说起穷人时，指的也就是有个性的人；正如他谈到富人时，讲的就是那些个性没有得到发展的人。耶稣所生活的社会和我们的社会一样，允许私有财产的积累，他所宣扬的福音不是说在一个社会里人们应该以少量的腐败食品为生，穿着不健康的破衣，在可怕的有害身心的地方居住，并且还对健康、愉快、体面条件下的生活抱着不以为然的态度。那种观点在他那个地域和时代中是错误的，在现在的英国当然就更错了。随着人们向北迁徙，生活中的物质需求变得愈发重要，我们的社会比一切古代的社会都更加极端复杂化，并显示了较之以往更严重的贫富两极分化。耶稣的意思是这样的，他对人类说："你有一种了不起的个性。发展它，做你自己。别幻想你的完美取决于积聚或拥有身外之物，你的完美在你的本性之中。只要能实现它，你就不会想要发家致富了。普通的财富可能会被偷掉，真正的财富是偷不走的。在你的心灵宝库中有无限多的珍宝，它们都是拿不走的。因此，试着这样去选择你的生活吧，让外在的事物伤害不到你；也试着去抛弃个人财产，它意味着贪婪的'当务之急'、没完没了的操劳、持续的错。个人的财产阻碍着个人主义发展中的每一步。"要注意耶稣从没说过穷人就必定是好人，或富人就必然是坏人，那不是事实。作为一个阶级，富人比穷人更好，更有道德和才智，品行也更端正。在社会中，只有一个阶级比富人更关心金钱，那就是穷人阶级，穷人不可能去想别的任何事，这正是做穷人的悲哀。耶稣所说的话是，人的完美不取决于他所拥有的东西，甚至不取决于他所做的事，而完全取决于他自己是什么。所以信仰耶稣的年轻富人就代表了一个完美的良民——他没有触犯过国家的任何法律，也没有违背过宗教的任何戒规。他是非常值得尊敬的，就"值得尊敬"这个不同寻常的词的寻常意义而言。耶稣对他说："你应该放弃私有财产，它阻碍了你去实现自身的完美，它拖累了你，它是一种负担，你的个性不需要它。你将会知道你自己是谁，你真正想要的是什么，这些都在你本性之中，而不是身外之物。"对他自己的朋友，他也说同样的话。他告诉他们去成为自己，不要总担心别的事。别的事与自己又有什么关系？人在自身中是完整的。他们进入社会，和社会之间存在分歧，那是不可避免的。社会憎恨个人主义，但这不会打扰到他们。他们是镇静的、以自我为中心的。如果一个人拿走了他们的大氅，他们会把自己的外套也给他，只是为了表明物质的东西是无关紧要的。如果人们辱骂他们，他们不会反唇相讥，那又能算什么呢？人们对他的议论不会使他有所改变，他是他自己，公共舆论根本一文不值。甚至哪怕人们动用了暴力，他们也不会以暴力相还，那会把自己降低到和那些人同样低级的层次上去。毕竟，哪怕是在监狱中，一个人也可以颇有自由可言。他的灵魂会是自由的，他的个性可以不被骚扰，他可以生活在安宁之中。而且，最重要的是，他们从不干涉他人或以任何方式评价他人。个性是一种非常神秘的事物。不能总用一个人所做的事来衡量他。他可能恪守法律但不值一提，或许触犯了法律却很杰出；他也许是个坏人，哪怕什么坏事也没做；他可能对社会犯下了罪行，却通过这罪行实现了自身的真正完美。

有一个妇女因通奸被抓。没有人告诉我们她的爱情故事，但是那种爱情肯定是非常热烈的，因为耶稣说她的罪行得到了宽恕，不是因为她的忏悔，而是因为她的爱情是那么强烈和精彩。后来，他死前不久，当他坐在一场盛宴上，那个女人进来，把昂贵的香膏浇在他的头发上。他的朋友们试图干涉她，说那香膏是一种奢侈品，而花费在那瓶香膏上的钱本应该用在对穷人的慈善救济上，或做同类的事。耶稣不接受那个观点。他指出人的物质需求是强烈而且持久的，但是人的精神需求与之相比还要更强烈，在某个神圣的时刻，通过选择一种属于自己的表达方式，一个人可以达到自身的完美。世人至今仍把那个女人当作一个圣徒来膜拜。

是的，个人主义具有启发意义。譬如，社会主义消灭了家庭生活，随着私有财产被取缔，现有形式的婚姻制度必然会消亡，这是意料之中的事。个人主义接受并改善这一事实，把对法定束缚的取缔转化成一种自由，这种自由将有助于个性的全面发展，使男女之间的爱情更精彩、更美好，也更高贵。耶稣知道这一点。他拒绝家庭生活的主张，尽管这些主张在他那个时代和社会中是以一种令人瞩目的形式存在的。"谁是我的母亲？谁是我的兄弟？"当他听说他们想要和他说话时，他这样回答。当他的一个信徒请假说要回去埋葬他的父亲时，"让死者去埋葬死者吧"，这是他可怕的答复。他不允许任何凌驾于个性之上的主张。

因此，过着基督般的生活的人就是那个完全且彻底成为自己的人。他也许是一个伟大的诗人、一个伟大的科学家，或一个年轻的大学生，或一个看守着荒野上的羊群的人，或一个像莎士比亚那样的剧作家，或一个像斯宾诺莎那样的思考上帝的人，或一个在花园里戏耍的孩童，或一个把自己的渔网撒向大海的渔夫。他是谁并不重要，只要他能认识到灵魂的完美存在于自身之中，在道德上和生活中的所有模仿都是错误的。今天，在耶路撒冷的街道上，一个肩头扛着木十字架的疯子缓慢地行进着，象征着那些受到模仿之损害的生命。当达米恩神父[1]和那些麻风病人生活在一起时，就是个基督般的人，因为在那种服务中他充分实现了自身中最美好的东西。但是他并不比瓦格纳更像基督，后者在音乐中认知了自己的灵魂，也不比在诗歌中认知自己的灵魂的雪莱更像基督。为人的典范并非只有一种，完美的类型是多种多样的，就和不完美的人一样多。而且，虽然一个人可以在屈服于慈善主张的同时仍保有自由，但绝不会有人在屈服于一致性主张的同时，还能保有自由。

1　达米恩神父（Father Damien，1840—1889），比利时人，在夏威夷的莫洛凯岛（Molokai）照料麻风病人 16 年，直至自己染病死去。

权力消失后的秩序

于是，个人主义就是我们通过社会主义所得到的东西。作为一种自然结果，国家必须放弃一切统治形式。它必须放弃这个念头，因为正如一个远比基督更早的智者说的那样，让人类自行发展是可以做到的，但是要想支配人类是不可行的。所有的政体模式都是失败的。专制对任何人都不公正，包括专制君主在内，他本来可能是为了做更好的事而诞生的。寡头政体对很多人不公正，而暴民统治则对少数人不公正。人民曾对民主政体抱有很高的期望，但是民主意味的只是民有、民治、民享的一记大头棒，这个真相已被揭发了。我必须承认那揭发来得正是时候，因为所有的权力都是非常有辱人格的。它侮辱了那些行使它的人，也侮辱了那些受它统治的人。暴烈、粗鲁和残忍地行使权力所带来的好处是，会产生或至少引发一种以取缔它为宗旨的反叛精神和个人主义精神。如果伴随着奖赏和酬劳，以较为仁慈的手段来行使权力，这权力就会使人彻底堕落。在那种情形下的人不太容易感觉到加诸他们身上的可怕压力，所以终生满足于某种劣等的安慰，就像宠物那样。他们从不曾意识到，可能他们所想的是别人的思想，生活在别人为他们制定的标准下，实际上穿的是别人的"二手衣服"，而从未有一刻做过真正的自己。一位杰出的思想家说过："想要自由的人，就不能妥协。"而权力，通过贿赂人们去顺从，在我们之中繁衍了一种极恶劣的喂养过度的野蛮精神（overfed barbarism）。

惩罚也将会随着权力一同消失。这将是一大收获——事实上，是一笔无价的收获。当一个人阅读历史时——不是那些为学童和普通毕业生[1] 所编写的

1　英国大学毕业文凭分不同等级，包括优秀毕业生和普通毕业生等，普通毕业生（passman）指英国大学中毕业成绩较次的毕业生。

删节本，而是每个时代的权威原著，他绝对会感到恶心，但并非由于那些恶人的罪行，而是因为那些好人所施行的惩罚。由于经常性地使用惩罚措施，社会变得那么残酷，其程度远远超过了那些偶然发生的罪行。更多的惩罚只会带来更多的罪行，这是显而易见的，而且大多数现代立法都已经很清楚地意识到了这个问题，并且尽力以减少惩罚为己任。无论在何种情形下，只要真能减少惩罚，结果总是绝对有益的。惩罚越少，罪行也就越少。如果根本没有了惩罚，犯罪可能就不复存在；如果存在的话，也会被当作一种非常痛苦的精神错乱疾病由医生加以治疗，用关心和友善使之痊愈。因为现在人们所说的罪犯其实根本就不是罪犯，引发了现代犯罪的，是饥饿，而不是歹念。其实，这就是为什么作为一个阶级，我们的罪犯从心理学角度看上去是如此乏味。他们不是非凡的麦克白和可怕的伏脱冷，只是那些普通的、可敬的凡人在没有足够食品的情况下所做的选择。一旦私有财产被取缔，就没有犯罪的必要和需求了，犯罪将不复存在。当然，不是所有的犯罪都是侵犯财产罪，如果撇开谋杀不谈，并且视死刑更重于刑事苦役（尽管这个观点我想我们的罪犯是不会同意的）的话，不过，由于英国法律重视人之财产更甚于人之本身，侵犯财产罪所受到的惩罚是最苛刻也是最严厉的，而且哪怕一种罪行侵犯的不是财产，也可能是源自我们财产所有制之错误体系所导致的不幸、愤怒和沮丧。因此，一旦那种体系被废止了，罪行也就会随之消失。当每个社会成员都有了足够的所需，不受邻居的干涉，他也就不会有兴趣去干涉别人。嫉妒是现代生活中的一种很特别的犯罪起因，是一种与财产概念紧密相连的情绪，在社会主义和个人主义中就会逐渐止息。值得注意的是，在共产主义部落里，嫉妒是闻所未闻的。

现在，由于国家不再统治人们，也许有人会问，那么国家该干些什么呢？国家将是一个组织劳动的自发联盟，也是日常生活必需品的制造商和分配者，国家制造有用的东西，个人创造美好的东西。由于提到了"劳动"这个词，我不得不说，现在人们写作并谈论了大量有关体力劳动之尊严的胡话。体力劳动根本没什么必然的尊严，大部分体力劳动绝对是可耻的。

让一个人去做那些他不能从中获得快乐的事，从精神和道德上来说对他都是有害的，而许多劳动形式是毫无乐趣可言的活动，而且也应该这样看待它们。刮东风的时节里，在一个泥泞的十字路口扫上八小时的马路是一种令人作呕的职业。带着精神、道德或肉体上的尊严感去清扫这个路口在我看来是不可能的，满怀喜悦地去清扫则是骇人听闻的。人是为了做那些比打扫灰尘更好的事而被创造出来的。所有那种类型的工作都应该由一个机器去完成。

而且我确信，将来的事情会是那样的。迄今为止，人在某种程度上仍旧是机器的奴隶。令人可悲的是，人一旦发明了一种机器去完成他的工作，自己就要挨饿了。这当然是我们的财产制度和竞争机制所带来的后果。如果一个人拥有一台能代替 500 人工作的机器，其必然结果就是有 500 个人会失去工作，而且，由于没有工作，他们就会陷入饥饿，走上偷窃的道路。那个人保证这台机器的产量并持续下去，所获得的产品将 500 倍于他本该获得的，更重要的是，其数量可能远远超过了他的真正需求。如果那台机器是大家的财产，那么每个人都会从中获利，它将会为社会做出巨大的贡献。所有不属于智力范畴的劳动，所有单调乏味的劳动，以及所有环境恶劣、与可怕东西打交道的劳动，都应该由机器去完成。机器应该为我们下煤井、打扫卫生、充当蒸汽机的司炉、清洁街道、在雨雪天送信，做所有沉闷或折磨人的工作。今天的机器在与人竞争，而在正确的情形下机器应该服务于人。毫无疑问，未来的机器会是这样的，就像树木在生长，而乡村绅士却在休憩。因此，当人类在自得其乐，享受文雅的闲暇（人类的目标是它而不是劳动），创造美丽的事物，阅读美好的东西，或仅仅是怀着赞美和喜悦沉思这个世界时，机器就会在做一切必需的和令人不快的工作。事实情况是，文明需要奴隶。希腊人在这一点上是完全正确的。除非有奴隶在做丑陋的、可怕的和无趣的工作，否则文化和沉思几乎就是不可能的。用人做奴隶是错误的、不可靠的，同时也是道德败坏的。世界的未来仰仗的是机器奴隶制和对机械的奴役。而当科学家不再需要去拜访令人压抑的东区，向那些饥饿中的人们分发劣质可可和更劣质的毯子，就会拥有令人愉快的闲暇。为了取悦自己和他人，他们会把这闲暇用来发明那些精彩神奇的事物。每个城市——如果需要的话，也包括每户人家——都储存了大量的能源，根据自己的需要，人们可以把这些能源转化成热、光或运动。这是乌托邦吗？一幅不包括乌托邦在内的世界地图根本就不值得一瞧，因为它遗漏了一个国度，而人类总在那里登陆。当人类在那里登陆后，四处眺望，又看到一个更好的国度，于是再次起航。所谓进步，就是去实现乌托邦。

前行的个人与泥泞的公众

现在我已经说过了，社会将通过机器组织供应有用的物品，而美好的事物则由个人去创造。这不仅仅是必要的，而且是唯一可能的办法，让我们至少可以在有用或美好事物之间有所选择。一个人如果不得不按照别人的需要和愿望制造产品供别人使用，那他就不是怀着兴趣去工作的，因此也就不能把自身中最好的东西融入工作中去。从另一方面来说，只要社会或社会中的一个实力集团，或任何一种政府试图支配艺术家的行为，艺术要么就全然消失，要么就变成陈词滥调，或退化成一种粗俗低劣的工艺技术。一件艺术作品是一种独特气质的独特产物。它的美丽取决于一个事实，即作者就是作者自己；而别人想要他们所要求的东西这个事实，对他根本就毫无意义。其实，一旦艺术家注意到别人的要求，并试图去满足那种要求，就不再是一个艺术家了，而是变成了一个无趣或有趣的工匠，一个诚实或不诚实的零售商人。他不再有权要求别人把他当作艺术家来看待。艺术是世人所知的个人主义模式（mode）中最强烈的一种。我倾向于说，它是世人所知道的唯一真正的个人主义模式。在某些情形下，犯罪似乎创造了个人主义，但它必须承认他人的存在，还会和别人发生冲突，是属于行动范畴的。可是艺术家能够独自塑造一种美好的事物，不必考虑他的邻居，也没有其他干扰。而且，如果他不是出于自己的意志独立进行创作，就根本算不上一个艺术家。

人们还会注意到一个事实，艺术是一种强烈的个人主义形式（form），这就使得公众试图对它行使一种管辖权，这种权力既不道德又很荒谬，既堕落又可鄙，这不全是他们的错。在任何时代里，公众都是在低劣的环境下被养育起来的，他们坚持要求艺术应该是通俗的，要求艺术去迎合他们的口味，去奉承他们可笑的自负，对他们讲述他们早已听过的事情，向他们展示他们早该看腻的东西，当他们因吃得太多而昏昏欲睡时为他们逗乐，当他们对自身的愚蠢感到腻味时分散他们的注意力。唉，艺术从来就不应该去尝试迎合公众，反倒是公众应该努力去培养自身的艺术鉴赏能力。这之间有很大的区别。如果一个科学家被告知，他的实验结果及推导出来的结论必须具备这样的特性，即不颠覆人们对这一学科所达成的共识，不妨碍普遍的成见，也不伤害那些对科学一无所知的人的敏感心理；如果一个哲学家被告知，他完全有权利在思想的最高领域内进行思考，前提是，他必须与那些从不曾在任何领域内做过任何思考的人得出同样的结论——呵，今天的科学家和哲学家肯定会觉得非常好笑。然而，真的就在不久之前，哲学和科学都还屈从于残忍的民意的支配，其实也就是屈从于权威——要么是社会的普遍无知之权威，要么是维护神职或政府阶层的权力的恐怖和贪婪之权威。当然，在很大程度上，我们已摆脱了社会、教会或政府干扰纯粹思考领域内的个人主义的企图，但是他们干扰虚构艺术领域内的个人主义的企图却仍然徘徊不去。其实，何止是徘徊不去，它还是侵略性的、冒犯性的，而且残忍无情。

在英国，最不受干扰的艺术是那些公众不感兴趣的艺术。诗歌就是这种情况下的一个例子。我们英国之所以有优秀的诗歌，就是因为公众不读诗歌，因此，也就没有对其施加影响。公众喜欢污辱诗人，因为他们是个体的人，然而，一旦他们污辱过了诗人，就再不理睬诗人了。至于小说和戏剧，这两种艺术公众都很关心，他们对其施加公众权威的结果简直荒唐到了极点。没有哪个国家像英国这样，虚构故事写得这么恶劣，披着小说外套的作品会如此乏味平庸，还有那么愚蠢粗俗的剧本。这一切是必然的，公众标准所具有的特点是艺术家难以企及的，要想做一个流行小说家既太简单又太困难，说它太简单是因为，公众在情节、风格、心理、对生活和文学的描述这些方面的要求，哪怕是最低下的能力和最无修养的头脑也能使他们心满意足；说它太难是因为，为了达到这样的要求，艺术家不得不违背自己的气质，不得不为了满足半开化人的消遣而写作，而不是为了艺术快感去写作，因此也就不得不抑制自己的个人主义，忘掉所受的教育，扼杀自己的风格，放弃自身中一切有价值的东西。戏剧的情况略好一些，戏迷们喜欢浅显的情节，这是事实，但是他们不喜欢乏味的情节。滑稽模仿剧（burlesque）和闹剧（farcical comedy）这两种最流行的形式是艺术的独特形式。在滑稽模仿和闹剧情形下也可以产生可喜的作品。在英国，艺术家创作这一类作品时能获得很大程度上的自由。但是当艺术家迈向戏剧的更高形式时，公众支配的后果就凸显出来了。"新奇性"是公众所不喜欢的东西，公众极端讨厌在开拓艺术主题方面做的任何尝试。然而，艺术的活力和进步在很大程度上正依赖于主题的不断拓展。公众不喜欢新奇性是因为害怕它。在他们看来，它象征着一种个人主义的模式，代表着艺术家的声明，说他可以选择自己的主题并自行处理它。公众的看法完全正确。艺术就是个人主义，而个人主义是一种具有扰乱性和分离性的力量，它的巨大价值也就在于此。

因为它试图扰乱的是单调的类型、习俗的奴役、习惯的专制，以及把人贬黜成机器的行为。公众接受一切现有的艺术，不是因为欣赏它们，而是因为不能改变它们。他们把经典整块吞下，从不品尝它们的味道。他们把经典当作无法避免的事物来忍受。而且，因为他们无法破坏它们，就装腔作势地谈论它们。这种行为为对经典的接受态度带来了很大的害处，就个人的不同观点来看，这可能是够奇怪的了，当然也可能不足为奇。在英国，对《圣经》和莎士比亚不加批评的赞美就是我所说的一例。关于《圣经》，考虑到事关教会当局，我不打算讨论这个问题。

但是就莎士比亚而言，很明显公众既没有真的领会到他的戏剧之美，也没有真的看出他戏剧中的缺陷。如果他们能体会到那些美好之处，就不会反对戏剧的发展了；如果他们看出了那些缺陷，也是不会反对戏剧的发展的。事实是，公众把国家的经典作品当作一种工具来阻碍艺术的进步。他们把经典贬为权威。他们以经典为武器，阻扰美在新形式下进行自由表达。他们总是问一个作家为什么不像别人那样写作，或问一个画家为什么不像别人那样画画，完全忘了一个事实，就是如果这些艺术家中的任何一个做了那样的事的话，他就不再是一个艺术家了。一种新形式的美对他们来说是极端可恶的，无论何时只要它一露面，他们就义愤填膺、不知所措。因此，就总会使用两种愚蠢的表达措辞，一种是说这件艺术作品不可理喻，另一种是说这件艺术作品极不道德。在我看来，当他们说一件作品不可理喻时，他们的意思是说那个艺术家已经说出或创造了一种崭新的美好事物；当他们形容一件作品极不道德时，他们的意思是说那个艺术家已经说出或创造了一种符合事实的美好事物。前者涉及的是风格，后者涉及的是主题。但是他们可能会使用那些非常含糊的词语，就像一个普通暴徒会捡起现成的铺路石当武器。譬如，本世纪（19世纪）以来，没有哪一位真正的诗人或散文家，不曾被英国公众庄严地授予过"不道德"的证书。这些证书在我们这里代替的实际上是法国文学院的正式认可，而且使英国很幸运地不再需要去建立那样的机构了。当然，公众在使用"不道德"这个词语时是毫无顾忌的。他们把华兹华斯称为不道德的诗人只不过是意料之中的事，华兹华斯是个诗人。但是他们把查尔斯·金斯利[1]称作不道德的小说家就很离谱了，金斯利的小说并不具备优秀的品质。尽管如此，既然有了这个词，他们就尽其所能地到处应用。当然，一位艺术家是不会被它打扰的，一位真正的艺术家是一个绝对相信自己的人，因为他完全是自己。然而，我能想象，如果一位艺术家在英国创造了一个刚出场就得到公众承认的作品，通过他们的媒体宣传（即公共新闻业）而被视为一件容易理解并且非常道德的作品，他一定会认真地追问自己：在创作这件作品时是否真的坚持了自己，这件作品会不会完全配不上自己，会不会根本就是件二流作品，或者根本就没有艺术价值可言？

不过也许我冤枉了公众，认为他们只会说些"不道德的""不可理喻的""怪异的""不健康的"之类的

---

1 查尔斯·金斯利（Charles Kingsley，1819—1875），英国小说家和诗人。

词语，因为他们还会使用另一个词语，即"病态的"。这个词他们使用得不太频繁。它的意义那么率直，他们害怕使用它。尽管如此，有时他们还是会使用它，人们在阅读通俗报纸时偶尔会遇上它。当然，被用在艺术作品上，这是个荒谬的词。除了无法表达的情绪或思想，还有什么算得上是"病态"呢？公众全都是病态的，因为什么也不会表达。艺术家从来就不是病态的，因为他能表达一切事物。他置身主题之外，借助表达手法来创造无与伦比的艺术效果。由于一个艺术家选择了病态的主题就说他本人也是病态的，这相当愚蠢，就像说莎士比亚是疯子，因为他写过《李尔王》。

总的来说，在英国，一个艺术家会因为受到攻击而有所收获：他的个性被强化了，他更完全地变成了他自己。当然，那些攻击是非常恶劣的、极不切题而且很卑鄙。但是没有艺术家会指望从那些粗俗的脑袋中冒出优雅的念头来，或指望那些土气的才智能有什么风格可言。粗俗和愚蠢是现代生活中的两大非常鲜明的现象。人们自然会觉得遗憾，但是无济于事。它们和其他事物一样可以作为被研究的对象。至于现代新闻业，唯一可说的就是，他们总是在私下场合里为自己对某人的公开攻击而向他表示歉意。

也许还该多提一句，就是在最近几年里，又有两个形容词被收进了公众手中的那张攻击艺术的极有限的词汇表中。一个词是"不健康的"，另一个是"怪异的"。后者只不过表达了须臾即逝的蘑菇对那永恒的、迷人的、极其可爱的兰花所倾泻的狂怒。它是个颂词，不过，是个毫无价值的颂词。然而词语"不健康的"却值得我们分析一下，它是个相当有趣的词。实际上，它是那么有趣，使用它的人并不知道它意味着什么。

它意味着什么？什么是健康或不健康的艺术作品？在理性的心态下，人们加诸艺术作品的一切术语，要么与风格有关，要么与主题有关，或者和两者都有关。从风格的角度来说，健康的艺术作品是指一件作品的风格展示了它所使用的材料的美好之处，无论这材料是词语、青铜，还是色彩或象牙，并且以那种美好为一种因素去创造美学上的效果。从主题的角度来说，健康的艺术作品指一件作品的选题取决于艺术家的气质，并且直接源于这种气质。简而言之，一件健康的艺术作品，即一件同时拥有完美和个性的艺术作品，形式和实质在艺术作品中当然是不可分割的，始终是一个整体。但是为了便于分析，暂且把整体上的美学印象搁置一旁，我们可以从心智上分割它们。从另一方面来说，一件不健康的艺术作品就是那种具有浅显、陈旧和平庸的风格的作品，而且，艺术家有意不根据自己的兴趣选择主题，而是根据他相信公众会为这件作品对他有所酬劳。事实上，公众所谓的健康的流行小说一向是极不健康的创作，而公众所谓的不健康的小说却总是优美且健康的艺术作品。

我几乎不必做此声明，就算做了，也没人信。就是我片刻也不曾为公众和公共新闻业滥用这些词语而表示过抱怨。我不明白，在对艺术一无所知的情形下，他们怎么可能从正确意义上使用这些词语呢？我仅仅是在指出这种滥用，至于滥用的根源和隐藏其后的意图，其解释是非常简单的。它源于野蛮的权威概念，源于一个被权威腐化的社会在理解或欣赏个人主义方面的天性上的无能。简而言之，它源于那种被称为"舆论"的怪兽般的无知事物，当它试图控制行动时，它的意图有好有坏；而当它试图压制思想或艺术时，就肯定是臭名昭著和用意险恶的。

其实，公众的身体暴力比他们的观点更值得一提。前者可能还有好处，后者则肯定是愚蠢的。人们常说暴力不是论据，但是那完全取决于我们想证明的东西是什么。近几个世纪以来的许多最重要的问题，比如英国的个人统治或法国封建制度的延续，全都是依靠身体暴力来解决的，革命中的极端暴力会使公众在短暂的瞬间里变得伟大和辉煌。当公众发现钢笔比铺路石更有威力，而且可以像砖块那样富有进攻性，一个毁灭性的日子就到来了，他们立刻就开始寻找新闻记者，找到并培养他，使其成为他们勤勉的、收入体面的奴仆。这件事从双方角度来看都是非常令人遗憾的，街头堡垒后面可能会有许多高尚且富有英雄气概的精神，但是除了偏见、愚蠢、伪善的说教和废话，报刊头条后面还会有什么呢？当这四类玩意儿走到一起，就会形成一种可怕的暴力，并建立起一种新权威。

旧时代里人们有肢刑架，现在有新闻业。这肯定是一种进步，但它仍然是非常糟糕的、错误的和道德败坏的。某个人——是伯克[1]吗？——把新闻业称为第四等级[2]。无疑，在那时它是那么回事。但是现在它可变成了唯一的等级了。它吞并了其他三个等级。世俗爵爷们一声不吭，教会老爷们无话可说，下议院无话可说而且承认自己无话可说[3]。我们被新闻业支配着。美国总统的任期是四年，而新闻业则万世不变地统治着我们。幸运的是，美国的新闻业把自己的权力施行到了下流和蛮横的极点。理所当然的，它已经引发了反叛精神。各人的性情不同，有些人被它逗乐了，有些人则觉得它很讨厌。但是它已经不再像过去

1　伯克（Edmund Burke，1729—1797），英国政论家、美学家，写过有关法国大革命的文章。
2　这里所谓的"第四等级"，是从大革命前法国社会之三大等级的说法引申而来的，当时的法国三大等级是第一等级僧侣，第二等级贵族，第三等级资产阶级、城市贫民和农民。
3　英国国会由上下议院组成，上议院由世俗贵族（Lords Temporal）和宗教贵族（Lords Spiritual，即那些地位较高的主教）组成。

那样是一种真正的暴力了，没有人会认真对待它。在英国，除了少数几个出名的例子以外，新闻业还没有搞到那么过分粗暴的地步，因此，它还是一个强大的、真正可观的力量。它所提倡的对人们私生活横加干涉的暴政，在我看来相当离谱。事实上，公众有一种贪得无厌的好奇心，想知道除了值得一知的事情之外的一切东西。新闻业具有商人似的癖性，意识到了这一点，就向大众提供他们的所需。几个世纪以前，公众曾把新闻记者的耳朵钉在抽水唧筒上，那种情形非常可怕；本世纪（19 世纪）以来，新闻记者却把自己的耳朵紧贴在锁眼之上，这更糟糕。使这种危害变本加厉的事实就在于，最该受谴责的不是那些引人发噱的娱乐报记者，而是那些干坏事的、严肃的、有思想和热心的记者，就像目前他们所做的那样，郑重其事地把某个大政治家、某个政治思想领袖和政治力量的创始人的私生活事件扯到公众的眼前，邀请公众去讨论这一事件，对该问题行使权威，发表意见，而且不仅仅是发表意见，还要把这些意见付诸实施，对这个人加以全面的控制，支配他的党派，甚至支配他的国家，实际上这些行为使他们自己变得荒唐无礼、与人有害。男人和女人的私生活不应该被公之于众，公众和这些事根本无关。

法国人在处理这些事上做得要好些。在他们那里，不允许把离婚法庭上的审判细节发表出来供大众娱乐或批评。公众所能知道的一切就是，根据有关婚姻当事人一方或双方的诉状，离婚业已得到准许。在法国，他们其实对记者加以限制，而允许艺术家拥有近乎完美的自由。在我国，我们允许记者拥有绝对的自由，对艺术家则一概加以限制。也就是说，英国舆论试图抑制、阻碍和扭曲那些表现美好事物的人，并强迫记者去兜售那些实际上是丑陋的、令人厌恶的或惹人反感的东西，因此，我们拥有的是世界上最严肃的记者和最猥琐的报纸。我所说的强制并不是夸张说法。可能会有这样一些记者，他们从发表骇人听闻的事件中获得了真正的乐趣，或由于贫穷而视曝光丑闻为一种长期的生财之道。但是我敢肯定，还有另外一些记者，那些受过教育和富有修养的人，他们真的讨厌发表这些事情，知道这样做是错的，仅仅是他们这种职业所处的不健康环境迫使他们向大众提供大众所需要的东西，和别的记者竞争着去尽量填饱公众的粗劣胃口，使之心满意足。对任何受过教育的人来说，这个职位都是非常可耻的，毫无疑问，他们中的大部分人对此都有着深切的感受。

璀璨的艺术与可鄙的权威

不过，让我们撇开话题中这实在太过龌龊的一面，回到艺术受公众控制这个问题上来，我这么说的意思是指，舆论操纵着艺术家所运用的形式，以及运用这种形式的手法和所使用的材料。我前面已经指出了，在英国，最不受干扰的艺术是那些公众不感兴趣的艺术。然而，他们对戏剧是感兴趣的，由于近十到十五年里戏剧颇有长进，所以指出这一点是很重要的，即这种长进完全应该归功于几个富有个性的艺术家，他们拒绝把公众品位作为标准来接受，拒绝仅仅视艺术为一种供求关系。欧文先生有着非凡的鲜明个性，他的风格具有一种真正的色彩元素，他还具有超凡的能力。我指的不仅仅是他的模仿能力，还有他在虚构和智性创作方面的能力。如果这个人的唯一目的是向公众提供他们所要求的东西，他本可以用最平庸的手法来上演最平庸的戏剧，而且能获得个人所期望的一切成就和金钱。但是他的目的不在于此，他的目标是在特定条件下，借助特定的艺术形式，来实现他作为一个艺术家的完美。最初他只吸引了少数几个人，现在得到他的教化的人已经多起来了。他已为大众培养了品位和气质，公众对他的艺术成就大为赞赏。不过我经常纳闷，公众是否能懂得欣赏艺术的那种成功应该完全归功于一件事，就是他并没有接受他们的标准，而是实现了自己的标准。按照大众的标准，吕克昂剧院¹就会变成一种二流货摊，就像现在的某些伦敦大众戏院那样。不管他们是否理解到这一点，无论如何，事实是公众的品位和气质在一定程度

---

1 吕克昂（Lyceum），伦敦的剧院。自 1878 年起，欧文开始经营这家剧院。他邀请女演员特里为他的搭档，不久便把吕克昂发展成为一家卓有声誉的国家级剧院。

上已经被培养起来了，而且公众是有能力发展这些品质的。接下来的问题就是，为什么公众没有变得更开化？他们本具有这种能力，是什么阻碍了他们？

必须再次重申，阻碍他们的东西是他们想对艺术家和艺术作品行使权威的欲望。有些剧院里的民众似乎还具有比较正常的心态，比如吕克昂和黑玛克特剧院的观众。这两家剧院都拥有一些充满个性的艺术家，他们在自己的观众中——伦敦的每一家剧院都有属于它自己的观众——成功地培养了一种艺术所要求的气质。而那种气质是什么呢？就是感受力。

如果一个人在接近一件艺术作品时带有一种欲望，想要对它和它的艺术家行使权威，这种态度就使他根本无法从这件作品中获得任何艺术印象。要让艺术作品去主宰观众，而不是让观众来主宰艺术作品。公众要善于接受自己是小提琴，允许大师在上面进行演奏。而公众越是能够彻底地抑制住自己那些无聊的观点和愚蠢的偏见，还有那些艺术应该是什么或不应该是什么的荒谬主张，就越有可能去理解和欣赏他所面对的艺术作品。在那些庸俗的英国男女戏迷身上，这个问题当然是十分明显的，但是在那些所谓的受过教育的人中，情况也一样。因为一个受过教育的人的艺术观点当然是来自过去的艺术，而新的艺术作品之所以美好，就在于过去的艺术中没有它这样的东西，用过去的标准来衡量新的艺术作品，意味着用来衡量它的正是其实现真正完美时所要拒绝的标准。借助想象的媒介，在富有想象力的环境中，一种能领悟新的美好印象的气质是唯一能欣赏艺术作品的气质。在欣赏雕塑和绘画时是这样，在欣赏戏剧之类的艺术时就更是如此了。因为绘画和雕像不必与时间作战，无所谓时间的流逝，人们能即时领会它们的整体性。而文学的情形就不同了，人们要想体会到它的整体效果，必须在时间中往返穿梭。因此，在戏剧里，第一幕中出现的东西，也许直到第三或第四幕时，它的真正艺术价值才会被某个观众领悟到。这个蠢材生起气来并大声叫嚷、搅乱演出以致骚扰艺术家吗？不。真正的观众会安静地坐着，品味那些充满惊愕、好奇和焦虑的愉快心绪。他来看戏不是为了发泄粗俗的脾气，他来看戏是为了体会一种艺术气质，为了获得一种艺术气质。他不是艺术作品的仲裁者，而是一个获准去仔细观赏艺术作品的人。而且，如果是部优秀作品的话，在观赏的过程中，他会全然忘却对他有所损害的自我中心主义——无论是无知的自我中心主义，还是自以为是的自我中心主义。我觉得，人们对戏剧中这个问题的认识是远远不够的，如果把《麦克白》的首场演出搬到伦敦的现代观众面前，许多在场的人就会对第一幕中的女巫提出激烈有力的反对，所使用的语言既怪异又荒谬，这样的场景我完全能够想象得到。但是当演出结束时，人们就会意识到，《麦克白》中的女巫的笑声和《李尔王》中的狂笑一样可怕，比摩尔人悲剧[1]中埃古的笑声更可怕。与其他艺术的观众相比，戏剧的观众需要一种更开放的接受心态，一旦他试图行使权威，就会变成艺术和他自己的公开敌人。艺术对此毫不介意，受损失的是他自己。

小说也是同样一回事儿。公众权威和对公众权威的承认是毁灭性的。萨克雷的《埃斯蒙德》是一

1　指莎士比亚的《奥赛罗》。

部美好的艺术作品，因为他写这部作品是为了取悦自己。而在他的其他小说里，在《潘登尼司》和《菲利普》中，甚至在《名利场》中，他有时都太在乎公众了，为了直接向公众博取同情或直接嘲讽他们而毁坏了自己的作品。一位真正的艺术家根本不会注意到公众，在他看来公众是不存在的。他不用为了维持怪兽的睡眠或生存而献上含有罂粟或蜜制的糕点。他把这种事留给通俗小说家去做了。现在我们英国有一位举世无双的小说家，乔治·梅瑞狄斯先生。法国有更好的艺术家，但是在法国也没有一个人的生活见解会那么宽广、多姿、充满想象的真实。俄国的讲述故事者对小说中描述的痛苦有一种更鲜明的感受能力。但是小说的哲学是属于梅瑞狄斯的，他的人物不仅仅活着，而且活在思想中。人们可以从各种角度来欣赏他们，他们是具有启发意义的，他们的内心和周遭都充满热情，他们既是解释性的也是象征性的。创造了这些人物、这些奇妙的易感动人的形象的那个人是为了自己的乐趣去创造他们的，他从来没有向公众询问过他们的所需，也毫不关心他们的所需，更绝不允许公众对他指手画脚或以任何方式影响他。他只是不断地强化自己的个性，创作自己的个人作品。最初没人理睬他，那没什么关系。接着有几个人来了，那也不会使他有所改变，现在许多人都来了，他还是原来的那个人，他是一位举世无双的小说家。

装饰性艺术也是这样的。公众以实在可悲的固执劲头加以坚持的那些传统，我认为是直接从世界粗俗博览会[1]那里继承来的，那些传统如此恐怖，以致根据那些传统为人们建造的房子只适合让盲人来住。有人开始创造美好的东西了，美好的颜色出自染匠之手，美好的图案来自艺术家的大脑，美好事物的用途、它们的价值和重要性也都得到了阐明。公众实在太愤怒了。他们大发脾气，开始胡说八道，可是没人理会他们。没有人退缩，也没有人承认舆论的权威。于是现在，无论进入哪一幢新式的房屋，那种对高雅

1　世界粗俗博览会（the Great Exhibition of international vulgarity）是模仿伦敦 1851 年举行的首届世界博览会（the Great Exhibition of the Works of Industry of All Nations）的诙谐说法。

品位、可爱环境之价值的接纳，那种流露了对美的欣赏的痕迹，都是我们几乎不可能视而不见的。事实上，现在人们所居住的房子往往是相当迷人的，在很大程度上人民已经被教化了。不过，只有这样说才公平，即在房屋装饰和家具等方面的革命之所以能获得不同寻常的胜利，并不是真的因为公众中的大多数人对这些事物养成了一种极高雅的品位，而主要应该归功于一个事实，就是干这些活儿的工匠太注重制造美好事物时所能享受的那种乐趣了，他们清楚地意识到了公众过去所要求的那些事物的丑恶和粗俗，于是断绝了大众的口粮，迫使他们就范。现在要想把一间屋子布置成前几年那样是完全不可能的了，除非到拍卖会上去寻找那些来自三流寄宿公寓的二手家具。那些东西已经没有人生产了。现在，人们在自己的周围肯定会看到一些充满魅力的用品，无论他们怎么反对。在这一类艺术问题上，他们篡夺权威地位的努力最终是白费，这对于他们倒不失为一种幸运。

因此很显然，在这类事上的所有权威都是有害的。人们有时会问，一个艺术家最适合生活在什么样的统治形式下？对这个问题的回答只有一个。最适合艺术家的统治形式就是无政府的统治形式。用权威来支配他和他的艺术是荒谬的。有人说在专制政体下艺术家创造了可爱的作品，事情未必如此。艺术家们不是作为被奴役的臣民去拜见专制君主的，而是作为漫游中的奇迹创造者、充满魅力的漂泊者而受到款待。专制者们会讨他们的欢心，听凭他们生活在安详中，允许他们去创作。对于专制君主我也有好话要讲，就是君主作为个人也许会是有文化的，而暴民作为一种怪物则什么货色都没有。一位皇帝或国王可能会弯下腰去为一个画家拾画笔，而"民主"弯下腰去只会是准备捡泥巴砸人。可是迄今为止，"民主"还没有像皇帝那样弯过腰。其实，当他们想扔泥巴时根本不需要弯腰。不过，没必要去区分君主和暴民，所有的权威都是同样有害的。

世界上有三种专制君主。一种对身体施行暴政，另一种对灵魂施行暴政，还有一种对灵魂和身体都施行暴政。第一种是所谓的国君，第二种是所谓的教皇，第三种是所谓的民众。国君也许是有教养的，许多诸侯都受过良好的教育，不过与国君相处是危险的。想想维罗纳令人心酸的宴席上的但丁[1]，想想费拉拉疯人院里的塔索[2]，艺术家还是不要和国君们生活在一起比较好。教皇也许是有教养的，许多教皇都受过良好的教育，包括坏教皇在内。坏教皇对美充满了热爱，热烈得几乎就像，不，其激烈程度可以等同于好教皇对思想的憎恨。教皇的邪恶使人类大获收益，而教皇的仁善却使人类受害无穷。然而，尽管梵蒂冈所剩下的只不过是雷声的雄辩，已经失去了闪电的权杖，艺术家还是别和教皇们为伍比较好。的确有一个教皇在红衣主教会议上谈到过切利尼，说普通法律和普通权威不是为切利尼那样的人制定的。但是把切利尼投进监狱的也是一个教皇，让他待在那里直到发疯

1　1304 年前后，流亡中的但丁托庇在维罗纳君主斯卡拉（Scala）门下。

2　塔索（Torquato Tasso, 1544—1595），意大利诗人，文艺复兴晚期代表，代表作是叙事长诗《被解放的耶路撒冷》。从 1565 年起，塔索在费拉拉城邦担任埃斯泰家族的宫廷诗人。后来他对费拉拉宫廷日益不满，因与环境的矛盾逐渐加剧而导致精神失常，曾被囚禁在疯人院达七年之久。

为止，他为自己创造了不真实的幻象，看见金色的太阳进入他的狱室。他对这太阳越来越迷恋，于是打算逃跑，从一座高塔爬向另一座高塔，在破晓时分从令人眩晕的空中跌了下来，摔残了自己，被一个葡萄修剪工用葡萄叶盖上，放在一辆大车上运到一个热爱美好事物的人那里去，让这人去照料他。教皇也是危险的。而至于民众，他们和他们的权威又是怎么一回事呢？也许对于他们和他们的权威，我已经说得够多了。他们的权威是这样一种东西，它既盲目又耳聋，既丑恶又怪异，同时还是悲剧性的、引人发噱的、严肃的、猥琐的。要让艺术家和民众为伍是不可能的事，所有的专制君主都会向人们行贿。而民众在向人行贿的同时还虐待这个人。是谁让他们行使权威的？他们被创造出来是为了去生活、去倾听和去爱的。某人对他们做了极大的错事。他们因模仿比他们低等的人而害了自己。他们拿到了国君的权杖，该怎样运用它呢？他们摘下了教皇的三重冠，怎样才能承受起它的重量呢？他们就像一个心碎的小丑、一个没有灵魂的神父。让所有热爱美的人怜悯他们吧。尽管他们自己并不热爱美，但还是让他们怜悯自己吧。谁把专制的骗局传授给了他们？

我还可以举出许多事例。我可以指出文艺复兴是多么伟大，因为它寻求解决的不是社会问题，它不为这种事操劳，它所做的是允许个人自由地、美好地和自然地发展下去，因此就促成了那些伟大的充满个性的艺术家和伟大的个人。我也可以指出，路易十四是怎样通过建立近代国家而摧毁了艺术家的个人主义，用千篇一律的重复使事物显得恐怖怪异，为了符合一致性的标准而使它们变得卑劣可鄙。而且他歼灭了全法兰西举国上下所有美好的自由表达，这种自由表达曾使传统在美好事物中焕然一新，使新款式和古老的形式合二为一。但是过往之事并不重要，当前之事也不重要，我们要面对的是未来。因为人们不应该活在过去，也不应该活在现在，未来才是属于人们的。

痛苦的当下与完美的未来

　　人们当然会说，本文所阐扬的构想全然不切实际，而且是违背人之本性的。这一点完全正确，它是不切实际的，也是违背人性的。这就是它值得人们去实施，而且也是我会提出这种建议的原因。什么是切实可行的构想？一个切实可行的构想，要么是业已存在的构想，要么是在目前条件下可以实施的构想。但是我所反对的正是目前的这种条件，而且，任何能接受这种条件的构想都是错误的和愚蠢的。这些条件将会被取消，而人之本性将会有所改变。关于人之本性，我们唯一真正了解的就是，它是处于变化之中的。我们可以断言，变化是人性的一种品质。那些失败的体系依赖的是人之本性的恒久性，而不是它的成长和发展。路易十四的错误在于他以为人之本性是一成不变的，他这种错误的后果就是法国大革命。这是一个值得赞美的后果。政府所犯下的所有过错的后果都值得大加赞美。

我们还应该注意到，人们所要接受的个人主义不会带有任何使人作呕的有关责任的伪善言论，那种言论的意思只不过是叫你按照别人的需求做事，因为他们自己想从中渔翁得利；也不会有任何有关自我牺牲的丑恶说教，它们只不过是野蛮肉刑的残余。其实，它来到人们身边时根本不会对人们有所要求。它是人性不可避免的自然结果，它是所有发展趋向的目标，是所有生物体都要出现的分化过程，是包含在每一种生活方式里的内在完美，每一种生活方式都在朝它加速发展。因此，个人主义不会对人们有所强制。相反，它劝告人们不要忍受任何强加于身的东西，它不打算强迫人们去做好人，它知道人在独处时都是好人，人会从自身中发展出个人主义，人们现在就是这样发展个人主义的。问个人主义是否切合实际就仿佛问进化论是否切合实际。进化论是生命的法则，它就是朝向个人主义方向发展的，如果没有表现出这种趋向，要么是人为地抑制住了这种生长，要么就是出于疾病或死亡的原因。

个人主义还将是无私的和不矫揉造作的。有人已经指出，权威那不同寻常的专制所带来的后果之一就是，把词语原有的简朴本意彻底歪曲了，而且拿它们来表达与它们正确含义相反的意思，适用于艺术也同样适用于生活。现在，一个人如果按照自己的喜好穿着打扮，人们就会说他是"做作的"。可是他那样做的时候，举止恰恰是顺乎自然的。在这一类事情上，"做作"指的是按照邻居的观点穿着打扮，而邻居的观点——也就是多数人的观点——可能是极端愚蠢的。如果一个人按照在他看来最适合充分表达自己个性的方式生活，如果他生活的首要目标是自我发展，人们就会说这个人是"自私的"。但是这应该是每一个人的生活方式。自私指的不是某人按照自己的愿望生活，而是要求别人按照自己的愿望生活。而无私指的就是让别人独处，不去妨碍他人。自私总是想围绕自己创造一种绝对统一的类型，而无私则认识到种类的无穷是一件可喜的事。它接受这一点，默认它，享受它。为自己打算并不是自私，一个不为自己着想的人根本就不会思考任何问题，要求自己的邻居和自己想法一致且观点相同是极端自私的。为什么他就应该那样做呢？如果他能思考，就可能会有不同的想法；如果他不能思考，要求他有任何想法都是极其荒谬的。一朵红玫瑰不会因为它想做一朵红玫瑰而显得自私；如果它要求花园里的所有花种都既是玫瑰又是红颜色的，那才是自私到了可怕的地步呢。在个人主义中，人们将会是非常自然而且绝对无私的，他们将懂得词语的含义，并在自由美好的生活中实现这些含义。人们也不会像现在这样自高自大，因为自大狂就是那种老向别人提要求的人，个人主义者不会有此等愿望，这不会给他带来什么乐趣。当人们实现了个人主义，也就会怀有同情之心，还会自由自发地运用它。到目前为止，同情心在人类之中几乎根本就没有被培养起来。人只不过是对痛苦有同情之心，而对痛苦的同情不是同情的最高形式。所有的同情都是美好的，但是对苦难的同情是其中最不美好的那种。它沾染上了自我中心主义，有病态的倾向，含有某种使我们不安的恐怖因素。我们开始担心自己也许会变得像麻风病人和盲人那样，没有人会关心我们。这种同情也是极其狭隘的。一个人应该同情整个生命，不应该只同情生命中的苦痛和疾病，还应该同情生命中的欢悦、美好、活力，以及健康和自由。当然，越是心胸宽广的同情越是难以达到，它要求更大程度上的无私。任何人都会对朋友的苦难表示同情，但是要想对朋友的成功表示同情，这得需要一种非常美好的天性才行——其实，这需要的是一种属于真正的个人主义者的天性。在争夺地盘的现代性竞争和奋斗的压力下，这种同情自然是稀罕的，而且还被"统一类型"和"一致标准"的不道德理想严重操控着，这些理想到处流行，但也许在英国它们的面目是最可憎的。

对痛苦的同情当然是源远流长的，是人类的最初本能之一。那些具有个性特征的动物，也就是说较高等的动物，和我们一样也具有这种本能。但是我们必须记住，对欢悦的同情能增加这个世界上的欢乐的总量，而对痛苦的同情却不会真的使这种痛苦的分量有所减少。它使人们更有能力去忍受不幸，可不幸仍旧存在；对肺痨的同情不会治愈肺痨，那是科学的事。而且当社会主义解决了贫困问题，科学解决了疾病问题时，伤感主义者的地盘就会逐渐缩小，人类的同情心就会变得博大、健康，而且是自发产生的。眼看着别人过上了快乐的生活，人们自己也会从中获得快乐。

因为只有在快乐中，未来的个人主义才能发展自身。基督没有重建社会的构想，因此，他向人们所宣扬的个人主义只能在痛苦或孤独中得到实现。我们从基督那里得到的理想是一个彻底弃世者的理想，或一个极端反对社会的人的理想。但是人天生是喜好社交的，甚至就连忒拜[1]最后也变得熙熙攘攘。尽管修道士充分实现了他的个性，但他所实现的通常是一种

1　忒拜（Thebaid），罗马帝国统治下尼罗河流域的一部分，在 4世纪和 5 世纪成为僧侣聚集隐居的地方。这些僧侣的隐居方式对后来的西方宗教生活影响很大。

贫乏的个性。从另一方面来讲，说痛苦是人们实现自我的一种方式，这种可怕的真理在世间散发着奇妙的魅力。浅薄的演讲家和思想者在宣道坛和讲台上经常讲起世人对欢乐的膜拜，哀叹着反对它。但是在世界史上，这样一种愉快美妙的理想是稀罕的，更多的时候是对痛苦的膜拜统治了世界。中世纪精神，还有它的圣徒和殉教者，它对自我折磨的热爱，它对自我伤害的狂热，用刀砍，用棍棒笞打——中世纪的精神就是真正的基督精神，中世纪的基督就是真正的基督。当文艺复兴逐渐被世人认可，它带来了对美好生命和快乐生活的新理想，人们就不再能够理解基督了。甚至艺术也向我们展示了这一点。文艺复兴时期的画家们把基督画成一个小男孩，在宫殿或花园中和别的男孩一道戏耍，要么就倚靠在母亲的臂弯间，望着她微笑，或朝着一朵花或一只欢乐的小鸟微笑；要么就把他画成一个崇高庄严的形象，以高贵的姿态出现在世间；要么就是一个神奇的形象，在一种心醉神迷的气氛里从死亡中复活。甚至当他们描画他被钉上十字架时的场景，也把他画成一个饱受恶人摧残的美好的神。但是他们不迷恋他，令他们感到愉快的是去描画那些他们所赞美的男男女女，去呈现这个可爱尘世的魅力。他们绘制了许多宗教图画。其实，他们画得实在太多了，类型和主题的千篇一律，既令人厌烦又有害于艺术。这是公众权威管理艺术事务的结果，这结果是令人悲痛的，但是他们的灵魂不停留在这种题材上。拉斐尔在为教皇绘制肖像画时（图 19）是位伟大的艺术家；可当他描绘圣母玛利亚和婴孩基督时（图 20），就根本算不得伟大的艺术家了。基督没有对文艺复兴做过预言，而文艺复兴之所以令人惊叹就是因为它带来的理想与基督的理想有所不同，要想看到基督的真实形象，我们必须诉诸中世纪艺术。在那儿，他是一个被摧残的和受损害的人，一个看上去一点也不美好的人，因为美是一种欢悦；他是一个没有像样衣饰的人，因为那也是一种欢悦；他是一个有着非凡灵魂的乞丐，一个有着圣洁灵魂的麻风病人，既不需要财物也不需要健康；他是一个在痛苦中实现自身完美的神。

　　人的进化过程是缓慢的，人的不公正性是严重的。选择痛苦作为一种自我实现的方式是有必要的。甚至就连现在，这个世界的某些地方也还需要基督的福音。除了通过痛苦之外，当代俄国人没有其他任何实现自身完善的可能。少数几个俄国艺术家在艺术中实现了自我，在那种具有中世纪特征的小说中，因为这小说的基调是通过忍受苦难而使人成为自己。但是对那些不是艺术家的人来说，对那些除了真实生活以外没有其他生活形式的人来说，痛苦是唯一一扇通往完善的门。一个愉快地生活在当前俄国政府制度下的俄国人，肯定要么相信人是没有灵魂的，要么相信即便人有灵魂，也不值得花费精力去发展它。虚无主义者否认所有的权威，因为知道权威是邪恶的。他还欢迎所有的痛苦，因为通过这些痛苦他将实现自己的个性。他是一个真正的基督徒，对他而言，基督的理想是真实的。

然而，基督没有违抗权威。他承认了罗马帝国的皇权并奉上贡品。他忍受着犹太教会的宗教权威，不会用自己的暴力来击退它的暴力。就像我前面所说的那样，他没有重建社会的构想，但是现代世界存在着构想。它计划消灭财产和财产所带来的痛苦，它渴望消除痛苦和痛苦所导致的苦难，它依赖社会主义和科学作为它的手段，旨在实现一种通过欢乐来表现自己的个人主义。这种个人主义要比以往的一切个人主义都更博大、更充盈，也更迷人。痛苦不是实现完美的终极模式，仅仅是临时性的，是一种抗议，它与错误的、不健康的、不公正的环境有关。当错误、疾病和不公正都已经被消除，它也就没有进一步存在的必要了。到那时它已经完成了自己的任务，那是一种伟大的工作，但快结束了，它的工作范围每一天都在减小。

人们也不会怀念它。因为人类所追求的既不是痛苦也不是欢乐，而仅仅是生活。人们追求那种热烈、充盈、完美的活法。当不必压制别人或忍受痛苦就可以做到这一点，而且所有活动都令自己愉快，人们也就会变得更明智、更健康、更文明、更是自己。欢悦是自然所设置的考试，也是它表示通过的标识。当一个人感到快乐时，与自身和环境就是和谐一致的。社会主义无论情愿与否，都在为新的个人主义效劳，而这种新的个人主义将会是一种完美的和谐。它就是希腊人所追求的，但是除了在思想层面上，他们没法全面地实现它，因为他们有奴隶并要供养奴隶；它也是文艺复兴时期的人们所追求的，但是除了在艺术层面上，他们也没法全面地实现它，因为他们有奴隶并让奴隶忍饥挨饿。然而，在未来它将会得到全面的实现，通过它，每个人都能达到自身的完美。新的个人主义也就是新的希腊精神。

新
流
xinliu

产品经理 _ 时一男　特约编辑 _ 李睿

封面设计 _ 朱镜霖　执行印制 _ 赵明 赵聪

营销编辑 _ 肖瑶　产品监制 _ 吴高林

流动的智慧　永恒的经典

图书在版编目（CIP）数据

阅读是暗淡生活中闪光的一小时 ／（英）奥斯卡·王
尔德著；萧易译. -- 沈阳：万卷出版有限责任公司，
2024. 11. -- ISBN 978-7-5470-6617-1

Ⅰ. I561.64

中国国家版本馆 CIP 数据核字第 2024P7N194 号

出 品 人：王维良
出版发行：北方联合出版传媒（集团）股份有限公司
　　　　　万卷出版有限责任公司
　　　　　（地址：沈阳市和平区十一纬路 29 号　邮编：110003）
印 刷 者：凯德印刷（天津）有限公司
经 销 者：全国新华书店
幅面尺寸：106mm×148mm
字　　数：200 千字
印　　张：10.25
出版时间：2024 年 11 月第 1 版
印刷时间：2024 年 11 月第 1 次印刷
责任编辑：王越
责任校对：张莹
封面设计：朱镜霖
ISBN 978-7-5470-6617-1
定　　价：38.00 元
联系电话：024-23284090
传　　真：024-23284448